Ceļojums uz Pagātni

Ceļojums uz Pagātni

Aldivan Torres

aldivan teixeira torres

CONTENTS

1

Ceļojums uz Pagātni

Aldivan Torres

Ceļojums uz Pagātni

—

Iesūtījis: Aldivan Torres

Pretējie spēki: otrā daļa

Īsā biogrāfija: Aldivan Torres, dzimis Brazīlijā, ir konsolidēts rakstnieks dažādos žanros. Līdz šim nosaukumi ir publicēti desmitiem valodu. Jau no mazotnes viņš vienmēr ir bijis rakstīšanas mākslas cienītājs, konsolidējot profesionālo karjeru no 2013. gada otrās puses. Viņš cer ar saviem rakstiem dot ieguldījumu starptautiskajā kultūrā, atmodinot lasīšanas prieku tajos, kuriem nav ieraduma. Jūsu misija ir iekarot katra jūsu lasītāja sirdi. Papildus literatūrai viņa galvenās novirzes ir mūzika, ceļojumi, draugi, ģimene un pašas dzīves prieks. "Jo literatūra, vienlīdzība, brālība, taisnīgums, cilvēka cieņa un gods vienmēr" ir viņa devīze.

Redze

Es apsēžos uz vienīgā pieejamā krēsla, atbalstu sevi uz mazā galdiņa un sāku pāršķirstīt atrastās avīzes. Visi ir no laika posma no 1909. līdz 1910. gadam. Es lasīju tikai virsrakstus, bet šķiet, ka tiem nav daudz sakara ar to, ko es meklēju. Daži runā par Pesqueira un citām reģiona pašvaldībām, bet aplūkotie jautājumi attiecas uz veselības, izglītības un politikas jautājumiem. Ko es īsti meklēju? Traģēdija, kas spēja satricināt šo mazo vietu un padarīt to par tumsas lauku. Es turpinu pāršķirstīt papīrus, un man šķiet, ka tas būs nogurdinošs un vienmuļš uzdevums. Kāpēc Karmena man vienkārši nepateica tieši? Vai es nebiju uzticams? Tas būtu daudz vienkāršāk. Atkal atceros kalnu, izaicinājumus un alu. Ne vienmēr vienkāršākais veids bija vieglāks, skaidrāks vai jūtamāks. Es to sāku nedaudz saprast. Galu galā viņa bija zem viltīgas, nežēlīgas un augstprātīgas raganas varas. Viņa man parādīja ceļu, tieši tā, kā viņa teica, un es domāju, ka ar to pietiks, lai es uzvarētu, sasniegtu savus mērķus un būtu laimīgs. Es turpinu pāršķirstīt papīrus un paņemt maisiņu ar tiem, kas nāk no 1910. gada. Ja es pareizi atcerējos, tas bija traģēdijas gads, kā Fabio mani bija informējis intervijā. Es sāku lasīt virsrakstus un ziņas. Man bija jāpārbauda visas iespējas.

Pēc stundas, lasot un pārlasot avīzes, es nebiju atradis neko tādu, kas pievērstu manu uzmanību. Lauku ziņas, sports un citas sadaļas bija viss, ko varēju atrast. Cerība, ka es atradīšu ziņas, bija šajā 1910. gada papīra maisiņā, ko es paņēmu. Pagaidiet. Ja šī traģēdija tiešām notiktu, tai noteikti vajadzētu būt avīzē, kas bija īpaši nošķirta, jo tās bija tik lielas ziņas. Sāku meklēt skapja atvilktnēs blakus galdam. Es atrodu dažādas avīzes ar dažādiem datumiem. Viens mani pārsteidz: Tas ir no 1910. gada 10. janvāra dienas, un tam ir šāds virsraksts: Kristīne, Jaunais briesmonis. Es domāju, ka es atradu to, ko meklēju. Pieskaroties papīram, man trāpīja auksts vējš, sirds skrien un kā ceļojums cauri laikam es piedzīvoju šīs vēstures vīziju.

Sākums

Sākās divdesmitais gadsimts un līdz ar to arī pirmo zemes pionieru parādīšanās, kas atrodas uz rietumiem no Pesqueira. Pirmie, kas devās, bija majors Quintino un viņa draugs Osmar, kas abi nāca no Alagoas asas štata un kas piesavinājās zemes, kas bija vietējo iedzīvotāju īpašums. Vietējie iedzīvotāji tika izsisti, pazemoti un noslepkavoti. Abi nolēma nepārcelties uz pastāvīgu dzīvi reģionā, jo tam nebija viņiem piemērotas struktūras.

Laika gaitā nāca citi cilvēki, kas daudz ko noskaidroja mēra amatam. Zeme tika ziedota, un pirmās mājas tika uzceltas. Tādējādi radās izlīgums. Apmetne piesaistīja dažus reģiona tirgotājus, kas bija ieinteresēti paplašināt savu biznesu. Tika atvērta noliktava, degvielas stacija, pārtikas preču veikals, aptieka, viesnīca un lauksaimniecības veikals. Pamatskola tika uzcelta, lai kalpotu par intelektuālo pamatu iedzīvotājiem kopumā. Pēc tam Mimoso pārcēlās uz ciema kategoriju, kas pakļauta Pesqueira galvenajai mītnei.

Dzelzceļš

No 1909. gada Mimoso ieradās Lielie Rietumu vilcieni, kas ienesa miermīlīgajā vietā progresu un tehnoloģijas. Britu inženieri Calander, Tolester un Thompson bija atbildīgi par sliežu ieklāšanu un stacijas ēku būvniecību. Eiropas ietekmi var novērot arī citu ēku mūros un Mimoso pilsētu teritorijās.

Ieviešot dzelzceļu, Mimoso (nosaukums nāk no Mimoso zāles, kas ir ļoti izplatīts reģionā) kļuva par komerciālas nozīmes un reģionālas politiskas nozīmes centru. Ciemats, kas stratēģiski atrodas uz iekšzemes robežas ar tuksnesi, tika konsolidēts kā daudzu Pernambuco, Paraíba un Alagoas pašvaldību produktu ierašanās un izvešanas punkts. Papildus dzelzceļam netīrumu ceļš, kas savieno Recife ar tuksnesi, gāja tieši tā centrā, veicinot vietas progresu.

Mimoso populāciju pamatā veidoja Portugāļu izcelsmes ģimeņu pēcnācēji. Vismazāk labvēlīgā iedzīvotāju daļa bija Indijas un Āfrikas izcelsmes pēcnācēji. Mimoso iedzīvotājus var raksturot kā draudzīgus un viesmīlīgus cilvēkus.

Gājiens

Nostiprinot dzelzceļa ieviešanu un no tā izrietošo progresu Mimoso, reģiona ceļu meklētāji (lauksaimnieki, majors Quintino un Osmar) nolēma apmesties uz vietas kopā ar visām savām ģimenēm.

Tā bija 1909. gada 10. februāra diena. Laiks bija jauks, vējš bija ziemeļaustrumos un ciema aspekts pēc iespējas normālāks. Pie apvāršņa parādās vilciens, kuru vada inženieris Roberto, kurš no Recife atved jaunos vietējos pieradinātājus: majoru Quintino, viņa sievu Helēnu, viņa vienīgo meitu Kristīne un viņu kalponi Gerusa, melnādainu sievieti no Bahia. Vilciena iekšpusē, pasažieru salonā, nemierīgā Kristīne atklāj sevi.

"Mammu, izskatās, ka mēs atbraucam. Kāds būs Mimoso? Vai man tas patiks?

"Klusēt, mans bērns. Neesiet tik noraizējies. Drīz jūs to uzzināsit. Svarīgi ir tas, ka mēs esam kopā kā ģimene. Pirms neilga laika mēs iekārtosimies un iegūsim draugus.

Majors vēro abus un nolemj pievienoties sarunai.

"Jums nav jāuztraucas. Jums nekas netrūks. Esmu uzcēlis skaistu māju, kas atrodas vienā no zemēm, kas man pieder. Tas atrodas blakus ciemam. Atcerieties: jums būs pilnīga brīvība attiekties pret mūsu sociālā līmeņa cilvēkiem, bet es nevēlos, lai jums būtu kontakts ar nešķīstajiem vai ļoti nabadzīgajiem.

"Tie ir aizspriedumi, tēti! Mūķenē, kur es paliku trīs gadus, man mācīja cienīt ikvienu cilvēku neatkarīgi no sociālās šķiras, etniskās piederības vai rases, ticības vai reliģijas. Mēs esam tā vērti, ko turam savās sirdīs.

"Šīs mūķenes ir atrautas no realitātes, jo dzīvo klosterī. Man nevajadzēja ļaut jums tur iet, jo jūs esat atgriezies ar muļķību pilnu galvu. Idejas par jūsu māti, kuru es vairs neklausos.

"Es vienmēr sapņoju, ka viņa kļuva par mūķeni. Kristīne man bija liela dāvana no Dieva. Es viņai mācīju visus reliģijas priekšrakstus, kurus es zināju. Kad viņai palika piecpadsmit gadi, es viņu aizsūtīju pie mūķenes, jo biju pārliecināts par viņas aicinājumu. Tomēr trīs gadus vēlāk viņa padevās, un tas joprojām ļoti sāp. Tā bija viena no lielākajām vilšanās reizēm, ko viņa man jebkad sagādāja.

"Tas bija tavs sapnis, Māte, nevis mans. Ir bezgalīgi veidi, kā kalpot Dievam. Man nav jābūt mūķenei, lai saprastu Viņu un saprastu Viņa Gribu.

"Protams, ka nē! "Es viņai noorganizēšu labu laulību. Man jau ir dažas idejas. Nu, tagad man nav īstais laiks atklāt.

Vilciens svilpo, signalizējot, ka tas apstāsies. Parādās ciems; Kristīne visus vietas lauku aspektus redz caur vienu no logiem. Viņas sirds savelkas, un viņa jūt nelielu drebēšanu savā ķermenī. Viņas domas piepildās ar šaubām ar šo priekšnojautu. Kas viņu gaidīja Mimoso? Turieties pie mums, lasītāj.

Kristīne un Helēna ar saviem stīpu svārkiem izspiežas no vilciena izejas durvīm. Majoram tas nepatīk. Četri iziet un izraisa zināmu ziņkārības dzirksti no pārējiem vietējiem iedzīvotājiem. Viņi uzvedas ar eleganci un pārpilnību. Majors sveic Rivanio kā pieklājību. No tā brīža viņi dodas uz savām mājām, kas atrodas ciemata ziemeļos.

Ierašanās Māja

Kristīne, Majore, Helēna un Gerusa ierodas savās jaunajās mājās. Tā ir ķieģeļu un javas māja, Māja stilā, apmēram 1600 kvadrāt pēdas no uzbūvētas teritorijas, ko ieskauj augļu koku dārzs. Iekšpusē ir divas dzīvojamās zonas, četras guļamistabas, virtuve, veļas mazgātava un vannas istaba. No ārpuses ir kalpones kvartāli ar istabu un vannas istabu. Četri iet klusumā, līdz majors runā.

"Nu, lūk, tā ir, mūsu māja, kuru es uzcēlu pirms dažiem mēnešiem. Es ceru, ka jums tas patiks. Tas ir plašs un ērts.

"Tas izskatās ļoti jauki. Es domāju, ka mēs šeit būsim laimīgi. (Helēna)

"Es arī tā ceru, neskatoties uz priekšnojautu, kas man tikko bija. (Kristīne)

"Priekšnojautas ir muļķības. Tu būsi laimīga, mana meita. Šī vieta ir jauka, piepildīta ar labiem un viesmīlīgiem cilvēkiem. (Lielākie)

Četri ieiet mājā. Viņi izsaiņo somas un atpūšas. Ceļojums bija garš un nogurdinošs. Sākot ar citu dienu, viņi pilnībā izpētītu šo vietu.

Tikšanās ar mēru

Rodas jauna diena, un Mimoso iepazīstina ar jebkuras lauku kopienas aspektiem. Zemnieki iznāk no savām mājām un gatavojas jaunai moku dienai, to dara arī tirdzniecības amatpersonas. Bērni iet garām kopā ar mātēm jaundibinātās skolas virzienā. Ēzeļi cirkulē normāli, nesot savas kravas un cilvēkus. Tikmēr skaistajā Māja majors gatavojas doties prom. Viņš devās uz tikšanos Pesqueira ar mēru. Helēna maigi iztaisno savu jaku.

"Šī tikšanās man, sieva, ir ļoti svarīga. Tur jābūt svarīgiem zemes kungiem, piemēram, Carabais pulkvedim. Man ir atkārtoti jāapstiprina sava vieta pār Mimoso.

"Jums viss būs kārtībā, jo jūs esat vienīgais šajā vietā ar zemessardzes majora pakāpi. Bija laba ideja iegādāties šo pozīciju.

"Protams, tā bija. Es esmu vīzijas un stratēģijas cilvēks. Kopš aizbraucu no Alagoas un atnācu uz šejieni, man ir bijušas tikai uzvaras.

"Neaizmirsti palūgt amatu mūsu meitai Kristīne. Viņa ir darījusi maz vai neko. Izglītība, ko viņa saņēma klosterī, ir pietiekama, lai viņa varētu veikt jebkādus pienākumus.

"Jums nav jāuztraucas. Es zināšu, kā viņu pārliecināt. Mūsu meita ir inteliģenta un ir pelnījusi labu darbu. Nu, man jāiet. Es nevēlos kavēties uz tikšanos.

Ar skūpstu majors atvadās no sievas Helēnas. Viņš iet uz durvju pusi, atver tās un aiziet. Viņa domas koncentrējas uz argumentiem, kurus viņš izmantos tiesas sēdē. Viņš domā par spēku, slavu un sociālo ārišķību, ko viņam dos viņa majora pakāpe. Viņš sapņo lielus sapņus.

Viņš sapņo kļūt par gubernatora draugu un, to darot, iegūt vairāk labvēlības. Galu galā viss, kas viņam bija svarīgs, bija vara un, protams, viņa meitas nākotne. Citi viņa spēlē kļuva tikai par bandiniekiem. Viņš uzņem tempu, jo pēc piecām minūtēm atbrauks vilciens uz Pesqueira. Uz brīdi viņš pievērš uzmanību nabaga cilvēkiem, kurus viņš redz ceļā. Viņš to nožēlo un pagriež seju uz otru pusi. Majors nevar sajaukties ar visiem, viņš domā. Pazemīgākais un atstumtākais, viņām prāt, skaitās tikai vēlēšanu laikā. Kad šis brīdis paiet, viņi zaudē savu vērtību, un pēc tam majors nepievērš lielāku uzmanību savām prasībām vai vajadzībām. Nabadzīgie, kas atrodas pulkvežu kontrolē, ir neizglītoti un atkāpjas no amata. Majors turpina staigāt un tuvojas dzelzceļa stacijai. Kad viņš ierodas, viņš ātri nopērk biļeti un dēļus.

Vilcienā viņš meklē labāko sēdvietu un sāk atcerēties savu bērnību. Viņš bija nabadzīgs zēns no Maceió priekšpilsētas, kurš strādāja par konfekšu pārdevēju. Viņš atceras tēva pazemojumus un sodus un cīņas ar vecākajiem brāļiem. Tās bija reizes, kad viņš gribēja aizmirst, bet viņa atmiņa spītīgi atteicās pārstāt viņam atgādināt. Viņa spēcīgākā atmiņa ir par cīņu ar pamāti un par nazi, ko viņš izmantoja, lai viņu nogalinātu. Asinis griežas, kliedz, kliedz un viņš izbēg no mājām pēc tam, kad akts nāk prātā. Viņš kļūst par ubagu un neilgi pēc tam tiek iepazīstināts ar narkotikām, alkoholismu un likumpārkāpumiem. Viņš nogrimst šajā pasaulē apmēram piecus gadus, līdz kādu dienu parādās dievbijīga sieviete un viņu adoptē. Viņš aug, kļūst par vīrieti un satiek Helēnu, zemnieka meitu, ar kuru viņš apprecas. Kaut kad pēc tam viņiem ir pirmā un vienīgā meita Kristīne. Viņi pārceļas uz Recife. Viņš iegādājas Zemessardzes majora pakāpi un dodas dziļi iekšā, meklējot zemi. Viņš iekaro visu no rietumu puses līdz pat Pesqueira. Viņš pārņem zemes un kļūst par ļoti spēcīgu cilvēku, kurš ir labi pazīstams un cienīts. Viņš visādā ziņā jutās kā grandiozs cilvēks. Dzīve viņam bija iemācījusi būt stipram, aprēķinošam un iekarojošam cilvēkam. Viņš izmantotu visus šos ieročus, lai sasniegtu savus mērķus. Joprojām vilcienā viņš pamana tieši aiz sevis, sievieti ar bērnu klēpī. Viņš atceras Kristīne un viņas nevainību un mīļumu, kad viņa bija maza. Viņš arī atceras dzimšanas dienas dāvanu, ko uzdāvinājis Kristīne, lupatu lelli. Viņš dod viņai tagadni; viņa apskauj viņu un sauc viņu par dārgo tēvu. Viņš kļūst emocionāls, bet nevar raudāt, jo vīrieši to nevar izdarīt publiski. Viņa mazā Kristīne tagad bija skaista un pievilcīga jaunkundze. Viņam būtu jānoorganizē viņai laba laulība un daži pienākumi. Domājot par to, viņš aizmieg atjaunojošā saulītē. Vilciens šūpojas: viņš pamostas un jautā par savu kabatas pulksteni, lai redzētu, kāds laiks tas ir. Viņš atzīmē, ka tas ir tuvu tikšanās laikam. Vilciens paātrinās; Pesqueira nonāk redzeslokā, un viņa sirds nomierinās. Viņa prāts tagad ir koncentrēts uz tikšanos, un viņš domā par sastapšanos ar saviem zemnieku draugiem. Vilciens signalizē, ka tas apstāsies, un majors stāv, lai paātrinātu viņa izeju. Dzīve prasīja upurus, un viņš vairāk nekā jebkurš cits to zināja. Laiks viņa zēna amatā un viņa dzīves pieredze viņu vēl vairāk kvalificēja. Vilciens beidzot apstājas, un viņš steidzas uz pilsētas politisko štābu.

Ir 8:00 AM, un gigantiskā ēka jau ir pilnībā aizpildīta. Majors ienāk, sveicina cilvēkus, kurus viņš pazīst, un sēž vienā no viņam rezervētajām priekšējām sēdvietām. Sesija vēl nav sākusies. Visā ģenerālštāba dzirdama skaļa rakete. Daži sūdzas par kavēšanos, citi par saviem radiniekiem, kuri visi nevarēja iekļauties mēra birojā. Ēkas pārvaldnieks veltīgi cenšas kontrolēt situāciju. Beidzot ierodas mēra sekretārs, lūdz klusumu un visi paklausa. Viņš paziņo:

"Viņa Ekselence, mērs Horacio Barbosa, jūs tagad uzrunās.

Ienāk mērs, iztaisno drēbes un gatavojas teikt runu.

"Labrīt, mani dārgie tautieši! Ar lielu gandarījumu es sveicu jūs šajā vietā, kas pārstāv mūsu pašvaldības spēku un spēku. Ar lielu prieku es aicināju jūs šeit, lai mazliet parunātu par mūsu pašvaldību un dotu iespēju Mimoso un Carabais politiskajiem pārstāvjiem. Mūsu pašvaldība ir daudz augusi komerciālajā sektorā un lauksaimniecībā. Uz tuksnesī esošās robežas ar iekšzemi mums ir Mimoso kā galvenais tirdzniecības punkts. Mums šeit ir jūsu politiskais pārstāvis majors Quintino. Iekšzemē mums ir Carabais, un ar savu pazīstamo lauksaimniecību tai ir izdevies dot pilsētai daudzas dividendes. Šeit ir arī Carabais pulkvedis Soares kungs. Arī mūsu novada tūrisms attīstās pēc dzelzceļa nodibināšanas.

Kā redzat, mūsu pašvaldība aug. . . . . Visbeidzot, es vēlētos, lūdzu, iepazīstināt ar Soares kungu un Quintino kungu. Aplaudēsim viņiem.

Sapulce stāv un aplaudē viņiem abiem.

"Ar savu mēra autoritāti es tagad izrunāju jūs, jūsu attiecīgo novadu komandierus. Jūsu uzdevums ir ar dzelžainu dūri valdīt pār sabiedrības interesēm, pārraudzīt nodokļu iekasēšanu un uzturēt mūsu interesēm atbilstošu likumu un taisnīgumu. Es apsolu jums palīdzēt visos veidos.

Viņiem tiek piešķirtas vērtnes un visas cilnes. Quintino signalizē mēram un abi atkāpjas no pjedestāla. Viņiem būtu privāta saruna. Abi ieiet ierobežotā telpā.

" Nu, Jūsu Ekselence, es lūdzu jūsu laika brīdi, jo man ir divi jautājumi, kas jāapspriež ar jums. Pirmkārt, es vēlos lielāku procentuālo daļu nodokļu iekasēšanai. Otrkārt, darbs manai meitai Kristīne. Kā jūs zināt, Mimoso kļuva par ļoti svarīgu tirdzniecības posteni pēc dzelzceļa, un līdz ar to prefektūras peļņa proporcionāli palielinājās. Tad es gribu kļūt stiprāks un spēcīgāks, un, kas zina, pat būt jūsu pēctecis. Turklāt es gribu labu darbu un labu algu savai meitai Kristīne. Viņa ir bijusi diezgan... statisks pēdējā laikā.

"Attiecībā uz peļņu jūsu jautājums kļūst neiespējams. Pilsētai ir daudz izdevumu, un mana administrācija ir caurspīdīga un nopietna. Personīgi es neko nevaru darīt. Kas attiecas uz darbu, kas zina, es varu viņai dot skolotāja amatu.

"Kā tā? Jūsu administrācija ir pārredzama un nopietna? Korupcija šeit ir bēdīgi slavena! Labi atcerieties, ka es atbalstīju jūsu gubernatoru un ieguvu viņam ievērojamu daļu balsu. Ja jūs nedodat man to, ko es lūdzu, atbalsts ir izslēgts.

Mērs bija kluss un domāja un pārdomāja par savu biroju. Viņš pievēra acis uz Quintino un komentēja.

"Jūs tiešām esat briesmīgi. Es negribu būt viens no taviem ienaidniekiem. Ļoti labi. Es palielināšu jūsu procentuālo daļu un atdošu nodokļu iekasētāja amatu jūsu meitai. Kā tas ir?

Neliels smaids piepildīja majora Quintino seju. Viņa argumenti bija pietiekami, lai pārliecinātu mēru. Viņš patiešām bija uzvarētājs un karavīrs.

"Ļoti labi. Es pieņemu. Paldies par sapratni, Jūsu Ekselence.

Quintino atvadījās un atkāpās no istabas. Sanāksme tika pārtraukta, un visi izstājās no zāles.

Lauksaimnieku tikšanās

Pēc tiesas sēdes beigām Pesqueira pilsētas galvenie "kungi" pulcējas bārā netālu no vietas, kur viņi bija bijuši. Starp tiem ir Sanharó pulkvedis (Goncalves kungs), Carabais pulkvedis (Soares kungs) un Mimoso majors Quintino. Viņi jautri runā par varu, spēku un prestižu.

"Dzelzceļa ieviešana bija valdības trumpis. Tas veicināja mūsu bagātības ražošanu un mārketingu. Pesqueira jau izceļ valsts līmenī. Tās rajoni ir kļuvuši par atsaucēm daudzos dažādos žanros. Piemēram, Mimoso kļuva par ļoti svarīgu komerciāli stratēģisku vietu. Es jau redzu visus ieguvumus, ko es varēšu izmantot šajā situācijā. Bagātība, sociālā ārišķība, politiskā vara un neierobežota pavēle. Maniem ienaidniekiem nebūs atelpas, jo es ar viņiem nodarbošos ar dzelzi un uguni. Mana komanda jau ir gatava nemierniekiem. (Majors Quintino)

"Kas attiecas uz Carabais, dzelzceļš neietekmēja mūsu finanses tikai tāpēc, ka tas nešķērso mūsu rajonu. Valdības tehniķi uzskatīja par piemērotu to novirzīt tieši pirms ciema ieejas. Augsne nebija piemērota sliežu izvietošanai. Mūsu rajons gan ir nozīmīgs lauksaimniecības centrs. Mūsu produkcija tiek eksportēta uz kaimiņvalstīm. Kā pulkvedis es dominēju reģionā un esmu cienīts. Tie, kas ir mani ienaidnieki, neizdzīvos ļoti ilgi.

"Dzelzceļa izveide Sanharó bija svarīga, bet ne vienīgais ienākumu avots. Lauksaimniecība ir spēcīga, un mēs izceļamies valsts līmenī. Mūsu piens un gaļa ir pirmās šķiras un dod mums labu ražu. Kas attiecas uz maniem ienaidniekiem, es pret viņiem izturos tāpat kā pret jums. Mums ir jāsaglabā pulkvežu sistēmas spēks.

"Tā ir taisnība. Šī sistēma ir jāsaglabā mūsu pašu labā. Balsu viltošana, krāpšana, labvēlības tīkls... tas viss mums nāk par labu. Mūsu spēks un spēks nāk no spīdzināšanas, spiediena un iebiedēšanas. Brazīlija ir šāda: liela varas struktūra, kurā izdzīvo tikai spēcīgākie. No dienvidaustrumiem, kur dominē bagātie kafijas audzētāji, līdz ziemeļaustrumu daļām, ko vada pulkvedis, sistēma ir tāda pati. Mainās tikai nosaukumi un situācijas. Mums ir jāklusē cilvēki un jāatkāpjas no amata, jo tas ir labākais mūsu ambīcijām un mērķiem. (Lielākie)

"Es pilnībā piekrītu, un, lai cilvēki būtu klusi un patīkami, ir nepieciešams saglabāt mūsu nežēlības, apspiešanas un autoritārisma aktus. Cilvēkiem vajadzētu no mums baidīties. Pretējā gadījumā mēs zaudējam cieņu un ieguvumus. Pasaule ir netaisnīga, un mums ir jābūt daļai no tās mazās iedzīvotāju daļas, kas ir ieguvēji. Lai uzvarētu, ir nepieciešams nogalināt, pazemot un atņemt priekšrakstus un vērtības, un to mēs arī darīsim. (Carabais pulkvedis)

Saruna turpinās satraukti par sievietēm, vaļaspriekiem un citiem jautājumiem. Viņi pavada gandrīz divas stundas sarunājoties. Majors Quintino pieceļas, atvadās no pārējiem un aiziet. Vilciens, kas devās uz Pesqueira uz Mimoso, drīz devās prom.

Atpakaļ uz mājām

Majors steidzas atpakaļ Pesqueira dzelzceļa stacijas virzienā. Vilciens ir nekustīgs, gaidot precīzu brīdi, kad izbrauks. Viņš dodas uz biļešu kasi, nopērk biļeti, atstāj dzeramnaudu un dodas uz vilcienu. Viņš iekāpj, sūdzas par kolekcionāra kavēšanos viņam kalpot un apsēžas. Vilciens signalizē, ka tas aiziet, un galvenais koncentrējas uz viņa plāniem. Viņš sevi uzskata par Pesqueira mēru, gubernatora labās rokas cilvēku un vismaz piecu mazbērnu vectēvu. Kristīne bērni ar znotu, kuru viņš izvēlētos. Galu galā vīrietis tiek sasniegts tikai tad, ja viņš var apprecēties ar saviem bērniem. Vilciens aizbrauc un ņem līdzi sapņojošo majoru.

Vilciena ritms ir diezgan regulārs. Pasažieri sēž mierīgi un ērti. Darbinieks pasažieriem piedāvā sulas un uzkodas. Majors paņem uzkodas, košļā un iedomājas, cik laba ir uzvaras un panākumu garša. Viņš bija devies uz tikšanos un bija atgriezies ar īstenotajiem plāniem. Viņam būtu tiesības uz lielāku nodokļu procentu un labu darbu savai meitai. Ko vēl viņš varētu vēlēties? Viņš bija gatavs vīrietis, laimīgs savā laulībā un viņam bija skaista meita. Viņam bija Nacionālās gvardes majora pakāpe, kuru viņš bija nopircis, un tas viņam deva tiesības politiski dominēt Mimoso. Vienīgais, kas viņu padarītu laimīgāku, būtu, ja viņš būtu pulkvedis, gubernatora labās rokas vīrs un apprecētu savu meitu ar ideālu znotu. Tas noteikti notiktu. Laiks paiet, un vilciens tuvojas mazajai Mimoso pilsētai, viņa vēlēšanu korālim. Viņš ļoti vēlējās lauzt ziņas abām sievietēm viņa dzīvē. Viņa sirds paātrinās, un auksts vējš skar viņa ķermeni, jo pēkšņi vilciens maina tempu. Tas droši vien nav nekas, viņš pie sevis domā. Vilciena ritms atgriežas normālā stāvoklī, un viņš nomierinās. Mimoso tuvojas arvien tuvāk un tuvāk. Uz brīdi viņš domā, ka pasaule varētu būt godīgāka un ka visiem vajadzētu būt uzvarētājiem tieši tāpat, kā viņš bija. Viņš mēģina novirzīties no šīs domas. Viņš kopš bērnības uzzināja, kāda ir dzīve, un zināja, ka tā nemainīsies no vienas minūtes uz nākamo. Viņš joprojām nesa savu ciešanu pēdas: Viņa tēva sodus, cīņu ar vecākajiem brāļiem, slepkavību, ko viņš bija izdarījis. Viņa smadzenes saglabāja šīs atmiņas neskartas no tā laikmeta. Ja viņš varētu, viņš mētātu šīs atmiņas atkritumos, tālu, tālu prom. Vilciens svilpo, signalizējot, ka tas apstāsies. Pasažieri salabo matus un drēbes. Vilciens iet garām un visi izkāpj, arī majors. Ierašanās ir mierīga, un viņš visi smaida. Galu galā viņš atgriezās no Pesqueira uzvaras.

Paziņojums

Izkāpjot no vilciena, majors dodas uz staciju, sasveicinās ar Rivanio un jautā, vai viss ir kārtībā. Viņš atbild "jā", un galvenie piedāvājumi atvadās un aiziet uz savu māju. Pa ceļam viņš satiek dažus cilvēkus, un viņi runā par izglītību. Viņš steidzas ar saviem soļiem un pēc dažām minūtēm atrodas netālu no savas dzīvesvietas. Pēc ierašanās viņš ieiet bez ceremonijas un atrod Gerusa tīrīšanas māju un sutā viņu piezvanīt abām sievietēm viņa dzīvē. Viņi ierodas un apskauj un noskūpsta viņu. Majors lūdz, lai viņi sēž, un viņi nekavējoties paklausa.

"Es tikko atnācu no tikšanās, kas man bija Pesqueira, un ziņas nevarēja būt labākas. Pirmkārt, es saņemšu lielāku procentuālo daļu no nodokļiem, ko iekasēju. Otrkārt, es ieguvu nodokļu iekasētāja darbu savai mīļotajai meitai Kristīne. Ko tu domā?

"Sensacionāli. Es lepojos, ka esmu sieva tādam vīrietim ar patiesu raksturu kā tu. Laika gaitā mēs kļūsim tikai bagātāki un varenāki.

"Es priecājos par tevi, tēti. Vai jūs nedomājat, ka nodokļu iekasētāja darbs man ir mazliet vīrišķīgs?

"Vai tu neesi laimīga, meitiņ? Tas ir lielisks darbs un ar atbilstošu atalgojumu. Es nedomāju, ka tas ir vīrieša darbs. Tā ir augstas uzticības pozīcija, ko var veikt tikai jūs.

"Protams, tas ir lielisks darbs. Kā viņas māte es bez ierunām apstiprinu.

"Labi. Jūs mani esat pārliecinājuši. Kad man jāsāk?

"Rīt. Jūsu uzdevums ir uzraudzīt un īstenot oficiālo nodokļu iekasētāju Klaudio, degvielas stacijas īpašnieka Paulo Pereira dēlu. Viņš ir atbildīgs un godīgs, bet tas ir tā, it kā stāsts saka, ka iespēja padara cilvēku.

"Es domāju, ka man tas nāks par labu. Tā ir lieliska iespēja satikt cilvēkus un iegūt draugus.

Majors aiziet pensijā un dodas vannā. Kristīne atgriežas pie adīšanas, ko viņa darīja pirms tēva ierašanās, un Helēna dodas dot pavēles virtuves kalponei. Nākamā diena būtu viņas pirmā darba diena.

Pirmā darba diena

Sākas jauna diena. Spīd saule, putni dzied un rīta vēsma apņem Māja. Kristīne tikko bija pamodusies pēc dziļa un atdzīvinoša miega. Sapnis, kas viņai bija iepriekšējā naktī, bija atstājis viņu dziļi ieintriģētu. Viņa sapņoja par klosteri un mūķenēm, kuras viņa iemācās apbrīnot trīs savas dzīves gados, kas veltīti reliģijai. Viņi piedalījās viņas kāzās.

Ko tas nozīmēja? Tajā laikā tas nebija viņas plānos apprecēties. Viņa bija jauna, brīva un plānu pilna. Viņas pašaizsardzības sajūta kliedza viņā iekšā. Nē, viņa tiešām nebija gatava laulībām. Viņa mierīgi stiepjas savā gultā un skatās uz laiku. Tas bija tuvu 6:30 no rīta. Viņa pieceļas, žāvējas un dodas uz apartamenta vannas istabu. Viņa iet iekšā, ieslēdz jaucējkrānu, un aukstais ūdens viņu aizved uz klostera laikiem. Viņa atceras dārznieku, kurš tur strādāja, un viņa dēlu, kurš viņu bija aizrāvis. Viņi sāka romantiskas spēles un kopā pastaigājās, un īsā laikā viņa bija atklājusi, ka ir iemīlējusies. Viņas kontakts turpinājās ar dārznieka dēlu, bet kādu dienu viena no mūķenēm viņus pieķēra skūpstāmies. Konsultējās ar Mātes priekšnieku, Kristīne somas bija sapakotas, un viņa tika izraidīta no klostera. Šajā dienā viņa sajuta lielu atvieglojumu. Atvieglojums, ka vairs nemelo sev vai pašai dzīvei. Kontakts ar dārznieka dēlu tika izformēts; viņa viņu aizmirst un aizbrauc uz mājām. Viņas māte un tēvs ar pārsteigumu sveica viņu mājās. Viņa pievīla māti un deva jaunu cerību tēvam, kurš vēlējās redzēt viņu precētu ar bērniem. Pagāja laiks, un kopš tā laika viņa nebija iemīlējusies. Viņa iemācījās adīt un izšūt, lai labāk izturētu laiku. Tagad tēva ietekme viņu nodarbināja par nodokļu iekasētāju. Viņa jutās noraizējusies un nervoza par jauno situāciju. Viņa izslēdz auksto ūdeni, ziepējas un sāk iedomāties savu jauno kolēģi Klaudio. Viņa attēlo garu, blondu zēnu, pilnu ar tetovējumiem. Viņai patīk tas, ko viņa redz, un turpina peldēties. Viņa attīra savu ķermeni aptuveni tā, it kā viņa izņemtu piemaisījumus no savas dvēseles. Viņa izslēdz jaucējkrānu un uzliek divus dvieļus: lielāku uz ķermeņa un mazāku uz galvas. Viņa iziet no apartamenta un dodas uz virtuvi, lai paēstu brokastis. Viņa sēž, pasniedz sev kādu kūku un sveic tēvu un māti. Majors sāk sarunāties.

"Vai tu esi sajūsmā, mana meita? Es ceru, ka jums veiksies labi savā pirmajā darba dienā. Jūs daudz iemācīsities no Klaudio. Viņš ir lielisks nodokļu iekasētājs.

" Jā, es esmu. Nevaru vien sagaidīt, kad varēšu ķerties pie darba, jo adīšana un izšuvumi nav tik jautri kā agrāk. Šis darbs man labi noderēs, lai gan es domāju, ka tas ir nedaudz vīrišķīgs.

"Atkal ar to? Vai jūs neredzat, ka jūs sāpinājāt savu tēvu ar šiem mājieniem? Viņš visu dara tavā labā.

"Atvainojiet, jūs abi. Esmu nedaudz spītīgs ar dažām idejām.

Kristīne pabeidz brokastis, atvadās ar skūpstu uz vecāku pierēm un iet pie durvīm. Viņa to atver un dodas uz degvielas staciju. Pa ceļam šaubas viņai uzbruks: Vai šis Klaudio rīkosies kā alu cilvēks? Vai viņš viņu cienīs darbā? Viņa neko nezināja par viņu, izņemot to, ka viņš bija Pereira dēls un viņam bija divas māsas: Fabiana un Patrīcija. Viņa turpina staigāt un, tiklīdz tuvojas degvielas stacijai, viņa jūtas vēl nemierīgāka un nervozāka. Viņa apstājas un nedaudz elpo. Viņa meklē iedvesmu Visumā, dabā un savā satrauktajā sirdī. Viņa atceras mācības, ko apguva klosterī, mūķenes un viņu atšķirīgo dzīves redzēšanas veidu. Tas bija trīs gadu garīgās pulcēšanās periods, kam, šķiet, tagad nebija nekādas nozīmes. Viņa bija vietā, kad satika jaunus cilvēkus, sāka jaunu amatu un kas zina, vai tas nemainīs viņas veidu, kā redzēt cilvēkus un dzīvi. Tas ir tas, ko viņa uzzinās, laikam ejot. Viņa turpina staigāt. Jauns spēks atsvaidzina viņu un piepilda viņas būtību un dod viņai papildu grūdienu. Viņai bija jābūt drosmīgai, jo laikā, kad viņa saskaras ar sava klostera Mātes priekšnieku un atzina patiesību: Ka viņa bija pilnīgi iemīlējusies. Viņi iesaiņoja viņas somas; viņa tika izmesta ārā, un tajā brīdī bija sajūta, it kā viņi būtu noņēmuši milzīgu svaru no viņas muguras. Viņa pārcēlās no galvaspilsētas un tagad dzīvoja pasaules galā bez draugiem un bez ērtībām. Viņai pie tā būtu jāpierod. Paiet dažas minūtes, un viņa tuvojas degvielas stacijai. Viņa ir tikai dažu pēdu attālumā no tā. Viņa fiksē matus un drēbes, lai radītu labu iespaidu. Viņa pēdējo reizi ieelpo, ienāk un iepazīstina ar sevi.

"Es esmu Kristīne Matiasa, majora Quintino meita. Es meklēju Klaudio, nodokļu iekasētāju. Vai viņš ir mājās?

"Mans dēls devās ātri paēst restorānā, kas šeit atrodas netālu. Es sūtīšu viņa vietā. Tās ir manas meitas Fabiana un Patrīcija, un es esmu Pereira kungs.

Kristīne viņus sveica ar skūpstiem uz vaiga.

"Tātad, tu esi slavenā Kristīne. Es nespēju noticēt, ka es tevi vēl pat neesmu redzējis. Tu daudz paliec iekšā, un tas nav labi. Nu, no šī brīža mēs varam būt draugi un pavadīt laiku kopā. (Fabiana)

"Man ir liels prieks tevi satikt. Jūs, Fabiana un es būsim lieliski draugi, jūs varat uz to paļauties.

"Paldies. Es arī ļoti priecājos jūs satikt. Es daudz neeju ārā, jo mani vecāki kontrolē. Viņi domā, ka majora meitai ir jābūt mazliet rezervētai. Tie ir pārāk aizsargāti.

"Nu, tas mainīsies. Uzskatiet sevi par daļu no mūsu bandas. Mēs esam trakākie bērni kvartālā. (Fabiana)

"Mūsu banda ir lieliska. Jums patiks būt daļai no tā. (Patrīcija)

"Paldies, ka uzaicinājāt mani būt daļai no jūsu grupas. Es domāju, ka dažas attiecības un draugi mani nesāpēs.

Saruna kādu laiku turpinājās dzīvīgā manierē. Klaudio klusi tuvojas un stājas pretī Kristīne. Viņu acis aizslēdzas, un tagad kā maģija šķiet tā, it kā visā Visumā pastāvētu tikai viņi abi. Abu sirdis steidzas pēc tikšanās, un iekšējais karstums ceļo pa abiem ķermeņiem.

"Mans tētis man piezvanīja uz šejieni. Tu domā, ka esi tā meitene, kas mani uzraudzīs? Nu, es domāju, ka es nejutīšos tik neērti.

Kompliments atstāja Kristīne nedaudz šokā. Viņa nekad neatrada tik tiešus vīriešus.

"Mani sauc Kristīne; Es esmu majora meita. Es esmu jūsu jaunais partneris darbā. Vai mēs varam sākt? Es to gaidu ar nepacietību.

"Jā, protams. Mani sauc Klaudio. Mēs esam tikai laikā, lai sāktu darbu. Pirmā tirdzniecības iestāde, kuru mēs šodien apmeklēsim, ir miesnieku veikals. Ir pagājuši trīs mēneši, kopš īpašnieks nav samaksājis nodokļus, un mums par to ir jāizdara spiediens uz viņu. Es domāju, ka jūsu klātbūtne palīdzēs.

"Tad ejam. Bija prieks satikt tevi, Fabiana un Patrīciju. Tiksimies vēlāk.

Abi atvadās pamāja ar rokām. Klaudio un Kristīne kopā dodas uz miesnieku veikalu. Kristīne domas paceļas intīmi, un viņa jūtas kā muļķe par to, ka tik ļoti dievināja Klaudio. Viņš nebija nekas tāds, kā viņa būtu iedomājusies, bet viņš viņā bija kaut ko maisījis. Sajūta, ka viņai bija jāiepazīst viņu, bija kā nekas tāds, ko viņa nekad nebūtu piedzīvojusi. Kas tas bija? Viņa to nevarēja definēt, bet tas bija kaut kas spēcīgs un paliekošs. Divatā iet līdzās un Klaudio mēģina uzsākt sarunu.

"Kristīne, pastāsti man nedaudz par sevi. Jūs esat no Recife, vai ne?

" Nē, es desmit gadus dzīvoju Recife Patiesībā es esmu no Alagoas. Mana bērnība tur bija diezgan daudz pilnībā pavadīta.

“Vai tev kādreiz ir bijis draugs?

"Man tāds bija, bet tas bija pirms kāda laika. Es taisījos būt mūķene. Trīs savas dzīves gadus es pavadīju klosterī, cenšoties atrast savai dzīvei jēgu. Kad es sapratu, ka man nav aicinājuma, es aizgāju, un es devos atpakaļ uz savu vecāku māju.

"Tā būtu liela izšķērdība, ja tu būtu mūķene, visu cieņu. Nekas pret reliģiju, bet sevis atdošana Dievam no cilvēka prasa pārāk daudz.

"Nu, tas viss ir pagātnē. Man ir jākoncentrējas uz savu jauno dzīvi un saviem pienākumiem.

Saruna pēkšņi apstājas, un abi turpina staigāt. Cilvēku atnākšana un došanās uz centru ir nemainīga. Mimoso pēc dzelzceļa implantācijas bija pārvērties par reģionālu tirdzniecības centru. Cilvēki ieradās no visa reģiona, lai apmeklētu un iepirktos tā veikalos. Netālu atrodas miesnieku veikals, un Kristīne par ļoti maz spēj sevi saturēt. Viņa nezināja, kā rīkoties. Galu galā viņa bija majora meita, un viņai bija jārāda piemērs. Nodokļu iekasētāja darbs viņu daudz atmaskotu. Visbeidzot, viņi ierodas, un Klaudio uzrunā veikala īpašnieku Helio kungu.

"Helio kungs, mēs esam ieradušies šeit, lai iekasētu no jums trīs mēnešu nodokļus, kas jums ir parādā. Pilsētai ir nepieciešams jūsu ieguldījums, lai ieguldītu izglītībā, veselībā un sanitārijā. Izpildiet savu pilsoņa pienākumu.

" Vai es tev neesmu teicis, ka esmu salūzis? Bizness šeit nav bijis labs. Man ir nepieciešams pagarinājums, lai samaksātu jums.

"Es vairs nepieņemšu attaisnojumus, un, ja jūs nemaksāsiet, jums būs problēmas. Redzi šo meiteni kopā ar mani? Viņa ir majora meita. Viņš nav apmierināts ar jūsu noklusējumiem. Labākais, ko darīt, kungs, būtu samaksāt savus parādus.

Helio uz brīdi domāja par to, ko darīt. Acumirklī viņš paskatās uz Kristīne un pārliecina sevi, ka viņa ir majora meita. Viņš atver atvilktni, izņem naudu un samaksā. Gan pateicas viņam, gan izstājas no iestādes.

Rīts tiek pavadīts strādājot. Abi apmeklē mājas un uzņēmumus. Daži nodokļu maksātāji atsakās maksāt, pieprasot kapitāla trūkumu. Kristīne sāk apbrīnot Klaudio par viņa profesionalitāti un pārliecību. Paiet rīts un diena ir beigusies. Abi atvadās un ka pēc piecpadsmit dienām atkal atgriezīsies, lai strādātu kopā.

Pikniks

Saule virzās uz priekšu pie apvāršņa un uzsilst vēl vairāk, kā tas ir pēc pusdienlaika. Kustība samazinās, zemnieki ienāk no fermas, veļas mazgātājas ierodas ar savām kravām, kuras viņi mazgāja Mimoso upē, ierēdņi tiek atbrīvoti, mežģīņu izgatavotāji saņem pārtraukumu darbā, un visi var ieturēt pusdienas. Kristīne neatšķiras no citiem un arī šajā laikā atgriežas mājās. Viņa ierodas, atver durvis un dodas uz galveno virtuvi. Viņas vecāki jau ir klāt, un Gerusa pasniedz pusdienas.

"Atvainojiet, ka negaidījāt, kad jūs pasniegsiet pusdienas, mana meita, bet es ierados noguris un izsalcis, jo biju biznesa sanāksmē. Mainot tēmu, kā bija jūsu pirmā darba diena? (Lielākie)

"Nav nepieciešams atvainoties. Mana pirmā darba diena bija gara un nogurdinoša. Mēs ar Klaudio cīnījāmies, lai pārliecinātu nodokļu maksātājus maksāt. Tomēr daži ir kļuvuši stingri savās pozīcijās. Kopumā tas bija labs dienas darbs, jo daudz ko iemācījos. Es vienkārši neesmu pārliecināts, ka vēlos to darīt visu atlikušo mūžu.

"Pasaki Klaudio, ka es gribu detaļas par tiem, kas nemaksāja. Es esmu galvenais un vairs necietīšu nekādu kavēšanos.

“Vai tu kādu satiki, meitiņ? Draudzēties? (Helēna pozīciju)

"Jā, daži cilvēki. Klaudio māsas ir diezgan jaukas.

Gerusa kalpo Kristīne, un viņa sāk ēst. Šajā laikā viņa palika klusa, jo viņa tika audzināta šādā veidā. Gerusa aizgāja no virtuves un devās uz savām telpām ārpus mājas. Trīs mājsaimniecības vadītāji palika, ēdot. Kristīne pabeidz pusdienas, pieceļas no galda un atvadās no vecākiem ar skūpstiem uz vaigiem. Viņa dodas uz mājas balkonu, kur tas ir labi vēdināms un vēss, lai varētu adīt. Viņa paņem savus diegus un sāk adīt. Viņas veiklo roku kustība aizved viņu uz noslēpumainām pasaulēm, kur var sasniegt tikai iztēli. Viņa redz sevi satiekamies ar vīrieti ar spēcīgiem, muskuļotiem pleciem un stingru nostāju. Viņa iztēlojas savu saderināšanos un tai sekojošo laulību. Tajā brīdī iekšējas sāpes viņu soda un satrauc. Brīdis paiet, un viņa redz sevi kā trīs skaistu bērnu māti. Viņas iztēlē laiks paiet ātri, un viņa redz sevi kā vecmāmiņu un vecvecmāmiņu. Nāve nāk, un viņa redz sevi paradīzē eņģeļu un mūsu Kunga, Jēzus Kristus, ielenkumā. Viņas veiklās rokas strādā, un uz brīdi viņa drānā atzīst, ka viņa adīja pazīstama vīrieša seju. Viņa krata galvu, un ilūzija pāriet. Kas ar viņu notika? Vai viņa bija traka vai pat, iespējams, iemīlējusies? Viņa nevēlējās ticēt šai iespējai. Viņa turpina strādāt, līdz dzird, ka viņas vārds tiek izrunāts ar neticamu intensitāti. Viņa dodas atpakaļ pie ieejas savas mājas dārzā, no kurienes bija dzirdējusi balsi. Viņa atpazīst Fabianu, Patrīciju un Klaudio, ko pavada daži citi jaunieši.

" Vai mēs varam ienākt, Kristīne?

" Jā, jūs varat. Padariet sevi mājās.

Mājas dārzā ienāca tieši seši jaunieši. Viņi devās augšup pa kāpnēm, kas deva piekļuvi balkonam, un tikās ar Kristīne. Fabiana rūpējās, lai iepazīstinātu ar nezināmajiem draugiem.

"Tas ir mans brālēns Rafaels, un tie ir mani draugi Talita un Marsela.

Kristīne viņus sveica ar skūpstiem uz vaiga.

"Patīkami tevi satikt. Ja jūs esat Fabiana draugi, tad jūs esat arī mani draugi.

"Prieks ir viss mans. Klaudio par tevi ļoti runāja. (Rafaels)

"Nu, Kristīne, mēs atnācām šeit, lai uzaicinātu jūs jaukā pastaigā uz Ororubá kalna virsotni. Mums būs pikniks ārā. Kontakts ar dabu ir būtisks, lai cilvēki attīstītos un atbrīvotos no savas karmas. (Klaudio)

" Vai tu gribētu iet, Kristīne? Jūs daudz esat iekšā, un tas nav labi. (Fabiana)

"Mēs uzstājam. (Tie visi atkārtojas)

"LABI. Es iešu. Jūs mani esat pārliecinājuši. Pagaidiet tikai minūti, es to pateikšu saviem vecākiem.

Kristīne uz brīdi ienāk mājā, bet drīz vien ir atpakaļ. Viņa satiekas atpakaļ ar grupu, un kopā viņi vienojas doties ceļojumā uz noslēpumaino Ororubá kalnu, svēto kalnu. Septiņi sāk staigāt. Kristīne vēro Klaudio un secina, ka viņš ir tipisks lauku cilvēks: stiprs, pārliecināts un šarma pilns. Pirmā diena, kad viņi strādāja kopā, atstāja labu iespaidu, taču viņa joprojām nezināja, kā viņa jūtas pret viņu. Viņa vienkārši zināja, ka tā ir spēcīga un paliekoša sajūta. Nu, pikniks bija iespēja viņu labāk iepazīt, viņa domā. Septiņi ātrumi uz augšu un drīz vien ir kalna pakājē. Klaudio, grupas līderis, apstājas un lūdz visus darīt to pašu.

"Ir svarīgi, lai mēs tagad sevi mitrinātu, lai vēlāk mums nebūtu problēmu. Pastaiga ir gara un izsmeļoša. (Klaudio)

"Es dzirdēju, ka šis kalns ir svēts un tam piemīt maģiskas īpašības. (Talita)

"Tā ir taisnība. Leģenda vēsta, ka noslēpumains šamanis atdeva savu dzīvību, lai glābtu savu tautu. Kopš tā laika Ororubá kalns kļuva svēts. Viņi arī saka, ka gara sencis nosauca kalnu sargu aizbildni par visiem tās noslēpumiem. (Fabiana)

"Tas vēl nav viss. Tās augšpusē ir majestātiska ala, kas, kā teikts, spēj piepildīt jebkuru vēlmi. Sapņotāji no visas pasaules meklē to, lai iegūtu savus brīnumus. Tomēr, cik mēs zinām, neviens to nav izdzīvojis. (Patrīcija)

"Šie stāsti mani nervozē. Vai nebūtu labāk, ja mēs atgrieztos? (Kristīne)

"Neuztraucieties, Kristīne. "Tie ir tikai stāsti. Pat ja tā būtu taisnība, es būtu šeit, lai jūs aizsargātu. (Klaudio)

"Klaudio nav vienīgais. Es arī esmu vīrietis, un es esmu gatavs jums palīdzēt, ja jums tas ir nepieciešams. (Rafaels)

"Kā ir ar mani? Neviens mani nesargā. Esmu arī nelaimē nonācis māmulīšu. Man sāp. (Marsela)

Rafaels tuvojas Marselai un apskauj viņu kā zīmi, ka viņai nav no kā baidīties. Visi dzer ūdeni un sāk staigāt. Kristīne virzās nedaudz tālāk un noliek sevi blakus Klaudio, priekšā. Viņa jutās nedroši, dzirdot informāciju par kalnu. Viņa domā par kalnu, aizbildni un alu. Intīmi viņa redz sevi ieejam alā un tajā brīdī realizē savu lielāko vēlmi. Viņa bija arī sapņotāja, tāpat kā tik daudzi, kuri bija zaudējuši dzīvību alā, meklējot savus sapņus. Nu, bija nepieciešams turēt kājas uz zemes, skarbajā realitātē viņa bija majora meita, un tas diezgan daudz ierobežoja viņas rīcības brīvību attiecībā uz draugiem, mīlestību un vēlmēm. Salīdzinoši viņa klosterī jutās brīvāka nekā tagad. Klaudio sniedz roku Kristīne, lai palīdzētu viņai ceļā uz augšu, jo viņš var redzēt, ka viņa cīnās. Kristīne prāts skrien, un viņa domā, ka būtu labi, ja būtu draugs, kurš viņu atbalstītu, būtu lojāls un godīgs pret viņu, tāds draugs kā Klaudio. Viņa krata galvu un mēģina novirzīties no domas. Tas nebija iespējams, jo viņas tēvs nepieļāva šāda veida savienību. Viņš bija vienkāršs nodokļu iekasētājs, un viņa bija majora meita. Viņi dzīvoja pilnīgi citās pasaulēs. Grupa atkal apstājas, lai atkal atsvaidzinātu sevi. Karstums ir spēcīgs un vēja ir maz. Viņi tur bija pusceļā.

"No šejienes ir iespējams redzēt labu Mimoso daļu. Vai redzi, Kristīne? Tur ir tava māja. (Klaudio)

"Skats no šejienes ir tiešām priviliģēts. Es domāju, ka virsotne ir vēl satriecošāka. Mimoso kalns no šī skata pat neizskatās liela. (Kristīne)

"Es domāju, ka vislabāk mēs turpinām iet. Nav jēgas šeit palikt ilgu laiku. (Fabiana)

"Es arī piekrītu. Tādā veidā mēs varam aizņemt ilgāku laiku virsotnē, kas ir vissvarīgākā kalna daļa. (Rafaels)

Lielākā daļa piekrīt pastaigas turpināšanai. Galu galā tas bija pāri 1:00, Kristīne jau jutās mazliet nogurusi. Kāpšana kalnā ir ārkārtīgi nogurdinoša ikvienam, kurš nav pieradis to darīt. Viņa atceras pastāvīgos izaicinājumus, kuriem viņa tika pakļauta klosterī, taču neviens no tiem nebija līdzīgs kāpšanai kalnā, par kuru visi bija teikuši, ka tas ir svēts.

Viņa savāc spēkus savas dvēseles dziļumos un ļoti cenšas, lai neviens nepamanītu viņas grūtības. Klaudio viņai uzsmaida, un tas piepilda viņu ar spēku, jo viņam viņa pārspētu jebkuru šķērsli. Mīlestība, šis dīvainais spēks, ir saistījis abus pat bez jebkāda fiziska kontakta. Viņam, ja viņai būtu iespēja, viņa stātos pretī aizbildnim un ieietu alā, lai realizētu savu sapni par pievienošanos viņam visu laiku, kad viņiem bija jābūt kopā dzīvē. Pat ja tas maksāja viņai dzīvību. Galu galā, kāda jēga ir dzīvei, ja mēs neesam kopā ar tiem, kurus mēs patiešām mīlam? Tukša dzīve ir līdzīga nekādai dzīvei. Grupa virzās tālāk un tuvojas augšai. Klaudio cenšas to noslēpt, bet viņu pilnībā piesaista Kristīne skaistums un žēlastība. No brīža, kad viņi satikās, kaut kas mainījās viņa būtībā. Viņš nevarēja ēst pareizi vai pat kaut ko darīt, nedomājot par viņu. Viņš domā par to, cik labvēlīga bija viņas ģimenes pārcelšanās no Pesqueira uz plaukstošo Mimoso ciematu. Viņš domā par to, kā liktenis bija dāsns, ka abi bija atkal apvienojusies praktiski vienā un tajā pašā darbā. Pikniks būtu lieliska iespēja varbūt meiteni pamodināt. Viņam bija cerības tikt pieņemtam, neskatoties uz atšķirībām starp tām. Grūtības, galvenokārt viņas aizspriedumainie vecāki, bija šķēršļi, kurus varēja pārvarēt. Galu galā grupa sasniedz virsotni un visi svin. Tagad viss, kas bija palicis, bija atrast labu vietu piknikam. Grupas dalībnieki sadalās trīs mazākās grupās, lai atrastu vispiemērotāko vietu. Paiet dažas minūtes, un viena no grupām dod signālu, svilpojot. Vieta tika izvēlēta. Visa grupa atkal pulcējas, un pikniks ir izveidots. Katrs grupas dalībnieks piedalījās ar kaut ko banketam.

“Vai tu to jūti, Kristīne? Putnu dziedāšana, vēja vieglais čuksts, lauku atmosfēra, kukaiņu rosība, tas viss noved mūs pie vietām un lidmašīnām, kuras nekad iepriekš nav apmeklējušas. Katru reizi, kad es atnāku uz šejieni, es jūtos kā svarīga dabas sastāvdaļa un man nepatīk, ka man tā pieder, kā daži domā. (Klaudio)

"Tas ir ļoti skaisti. Šeit, dabā, es jūtos kā parasts cilvēks, nevis majora meita, un jūs nevarat iedomāties, cik labi tas jūtas. (Kristīne)

"Izbaudi to, Kristīne. Tas nav katru dienu, kad jūs to varat darīt. Aizspriedumi, bailes, kauns, tas viss izjauc mūsu ikdienu. Šeit mēs to varam aizmirst, vismaz uz brīdi. (Fabiana)

"Šajā mežonīgajā zaļajā jociņā mēs varam sajust, redzēt un pilnībā izprast Visumu. Šis brīnums notiek tāpēc, ka kalns ir svēts un tam piemīt maģiskas īpašības. (Talita)

"Es arī gribu izteikt savu viedokli. Mēs esam septiņi jaunieši, kas ko meklē? Es atbildēšu pats. Mēs meklējam piedzīvojumus, jaunu pieredzi, draudzību un pat mīlestību. Tomēr tas ir iespējams tikai tad, ja mēs esam mierā ar sevi, ar citiem un ar Visumu. Tas ir šis ilgotais miers, ko mēs šeit esam atraduši. (Rafaels)

"Šeit viss ir mācīšanās pieredze. Dabas ritms, jūsu visu kompānija un šis svaigais gaiss ir mācības, kas mums jāņem līdzi mūsu bērniem un mazbērniem. (Marsela)

"Tas viss man ir liels komūnija. Garu kopība, kas liek mums pārvarēt daudzus mūsu dzīves posmus. (Patrīcija)

Galu galā, sniedziet savu viedokli par to, ko viņi juta tajā maģiskajā brīdī, kad viņi sāk kalpot paši sev. Mājīgā vide lika viņiem klusēt visu maltītes laiku. Pēc tam, kad visas bija beigušās pusdienas, Klaudio paziņoja:

"Patiesībā, Kristīne, mēs nenācām tikai uz vienkāršu pikniku. Mēs gatavojamies izveidot nometni un pavadīt nakti šeit.

Kristīne uz brīdi mainīja krāsu un visi smējās. Viņa bija vienīgā grupā, kas nezināja.

"Vai ne? Un kā ar kalna briesmām? Mans tētis mani nogalinās, ja es šeit pavadīšu nakti. Es domāju, ka es iešu.

"Es iesaku neiet. Aizbildnim ir jāslēpjas, gaidot labāko iespēju uzbrukt. (Fabiana)

"Neuztraucieties, Kristīne. Vai es neteicu, ka es tevi aizsargāšu? Kas attiecas uz jūsu tēvu, neuztraucieties, viņš zina, ka mēs šeit pavadīsim nakti. (Klaudio)

Kristīne nomierinās. Būtu labāk, ja viņa paliktu kopā ar grupu, jo nepazina kalnu un tā noslēpumus. Tas tiešām būtu biedējoši, ja tur būtu viens pats. Kas zina, kas varētu notikt? Labāk bija neriskēt. Pēcpusdiena virzās uz priekšu un visi sadarbojas, lai uzspridzinātu divas teltis. Viņi ir gatavi īsā laikā. Klaudio un Rafaels dodas meklēt malku, lai iedegtu uguni, ar mērķi aizdzīt savvaļas dzīvniekus, kas apdzīvoja reģionu. Sievietes ir vienas pašas nometnē, tīrot zemi ap teltīm.

"Ir lieliski atbraukt uz šejieni, Kristīne. Vakarā visa šī vieta ir vēl skaistāka. Pēc vakariņām jūs redzēsiet: Tas ir totāls sprādziens. Sakiet man, vai tas nav labāk nekā palikt mājās? (Fabiana)

"Es arī to izbaudu, bet jums vajadzēja man paziņot, ka jūs šeit dodaties uz nometni. Es biju diezgan pārsteigts. (Kristīne)

" Vai esat pamanījuši, kā Klaudio uz viņu skatās un otrādi? Es domāju, ka viņi abi ir iemīlējušies. (Talita)

"Tavas acis spēlē trikus uz tevi, Talita. Starp Klaudio un mani nav nekā. (Kristīne)

"Es, no vienas puses, būtu ļoti priecīga būt jūsu svainīte. (Patrīcija)

"Es esmu ar jums šajā jautājumā. (Fabiana)

"Paldies, jūs, puiši. Bet diemžēl tas nav iespējams. (Kristīne)

Kristīne uz brīdi izskatījās nopietni, un viņi apstājās pie mājieniem. Klaudio un Rafaels atgriežas ar visu malku, kas nepieciešama, lai ugunskurs visu nakti būtu iedegts. Klaudio skatās uz Kristīne, un viņa, šķiet, atbilst. Pēcpusdiena virzās uz priekšu, un kļūst tumšs. Ugunskurs apgaismo apkārtni, kad nakts nolaižas. Visi pulcējas ap to, un vakariņas pasniedz Fabiana un Patrīcija. Visi mazliet ēd un runā. Klaudio attālinās no grupas, un, kad viņš saņem noteiktu attālumu, viņš pamāj Kristīne viņu pavadīt. Viņa uztver signālu un arī attālinās no grupas.

"Ko mēs darīsim, Kristīne? Jūs un es kopā, domājot par šīm zvaigznēm. Šķiet, ka viņi ir liecinieki tam, ko mēs abi jūtam. Es domāju, ka to jūt ne tikai viņi, bet arī viss Visums.

"Jūs zināt, ka tas nav iespējams. Mani vecāki to nepieļaus. Viņi ir ļoti neobjektīvi.

"Neiespējami? Tu man to saki, šeit, šajā svētajā kalnā? Šeit nekas nav neiespējams.

"Bet, bet. .

"Nesaki vēl vienu vārdu. Ļaujiet savai sirdij skaļi kliegt, tāpat kā manējā.

Klaudio mazliet pakāpās uz priekšu un apskāva Kristīne. Maigi viņš mazliet aplika roku ap viņas seju un pacietīgi pieskaras Kristīne lūpām ar savējām. Skūpsts satrieca Kristīne un uz brīdi viņai likās, ka viņa staigā pa gaisu. Daudzas domas iekļuva viņas prātā un traucēja viņas skūpstu. Kad tas beidzas, viņa velk prom un saka:

"Es vēl neesmu gatavs. Piedod man, Klaudio.

Kristīne aizbēg un dodas atpakaļ pie grupas. Klaudio iet kopā ar viņu. Ugunskurs sprakšķ un visi pulcējas ap to, jo aukstums ir intensīvs. Rafaels stāv blakus ugunij, gatavs stāstīt šausmu stāstus par kalnu.

"Reiz bija sapņotājs no mazas pilsētiņas ar nosaukumu Triumph, Pajeú iekšzemē. Viņa vārds bija Eulalio. Viņa sapnis bija kļūt par bandītu un sapulcināt savu bandu, lai izdarītu noziegumus, uzkrātu bagātības, iegūtu sociālo varu un ārišķību un līdz ar to arī aizrautu un pavedinātu daudzas sievietes. Tomēr viņam nebija drosmes un apņēmības, kas nepieciešama, lai to izdarītu. Viņš par ļoti maz varēja novilkt zobenu. Savā zemē viņš bija dzirdējis par svēto Ororubá kalnu un tā brīnumaino alu, kas spēj piepildīt jebkuru vēlmi. To dzirdot, viņš divreiz nedomāja un iesaiņojās, lai veiktu kāroto ceļojumu. Viņš ieradās kalnā, satika aizbildni, pabeidza izaicinājumus un beidzot iegāja alā. Tomēr viņa sirds nebija pilnībā tīra, un viņa vēlmes nebija taisnīgas. Ala viņam nepiedeva un iznīcināja viņa dzīvi un sapņus. Kopš tā laika viņa dvēsele sāka sāpēs klīst kalnā. Viņi saka, ka mednieki viņu reiz redzēja tieši pusnaktī. Viņš bija ģērbies kā bandīts un nēsāja lielu pistoli, kas izšāva spoku lodes.

"Jūs domājat, ka viņš kļuva drosmīgs pēc nāves? Tad ala daļēji īstenoja savu sapni. (Talita)

" Ne gluži, Talita. Ala iznīcināja sapņotāja dzīvi un tā vietā atstāja tikai viņa dvēseli ar viņa vēlmes objektiem. Turklāt viņš ir pazudusi dvēsele, kas iestrēgusi ciešanās. (Fabiana)

"Tas ir tikai stāsts. Ir neskaitāmi sapņotāji, kuri izmēģināja veiksmi alā, un līdz šim nevienam no viņiem neizdevās izdzīvot. Šī iemesla dēļ to sauc par izmisuma alu. (Rafaels)

"Es tajā alā neietu ne par ko. Savus sapņus es īstenošu ar plānošanu, neatlaidību, centību un ticību. (Marsela)

"Es ietu pēc mīlestības. Galu galā, jūs nevarat dzīvot, neuzņemoties risku. (Kristīne)

"Vienmēr romantiskais. Kristīne ir iemīlējusies, cilvēkos. (Patrīcija)

Visi smejas, izņemot Klaudio. Viņš joprojām bija aizvainots un ievainots, jo savā ziņā Kristīne viņu bija noraidījusi. Viņš bija atvēris savu sirdi un savas jūtas; tomēr ar to nepietika, lai pārliecinātu viņu par savu mīlestību. Viņa bija runājusi par aizspriedumiem no vecākiem, bet viņa bija bijusi aizspriedumainā. Sāpes, ko viņš izjuta krūšu lejasdaļā, lika viņam ceļot atpakaļ laikā, lai atcerētos epizodi, kas bija notikusi pirms diviem gadiem, kad viņš dzīvoja Pesqueira un satikās ar skaistu blondīni, mēra meitu. Viņi satikās trīs mēnešus, jo viņa baidījās no vecāku reakcijas. Kādu dienu tēvs uzzināja un nebija apmierināts. Viņš nolīga divus trūkumcietējus, lai pātagu un iepļaukātu viņu apkārt. Tā bija piekaušana, ko viņš nekad neaizmirsīs. Tā viņš jutās tagad: lamājās, saputojās un nevis viņas vecāki, bet gan viņas un viņas pašas aizspriedumi. Tomēr viņš tik viegli nepadevās no dzīves un savas laimes. Viņš parādītu Kristīne savu vērtību, un viņa saprastu, cik daudz ir bijis muļķīgi zaudēt dārgo laiku.

Nakts krīt un visi gatavojas gulēt savās teltīs. Uguns tiek turēta iedegta, lai pasargātu viņus no kalna apburtajiem dzīvniekiem. Tomēr gaudas var dzirdēt no noteikta attāluma. Kristīne maisās no vienas puses uz otru, cenšoties kontrolēt savas bailes. Tā bija pirmā reize, kad viņa gulēja svētā vietā. Cietais pamats viņu traucēja vēl vairāk, nekā viņa domāja. Gaudošana turpinās, un tajā brīdī dzirdams arī pēdu troksnis. Kristīne izmisumā aiztur elpu. Vai tas varētu būt bandītu spoks? Vai varbūt savvaļas zvērs, kas gatavs viņu apēst? Viņas virzienā nāk pēdu skaņas. Teltī trāpa stiprs vējš, un durvju atlokā parādās noslēpumaina roka. Viņa ir gatava kliegt, bet vīrietis, kurš parādās, saka:

"Atpūtieties, tas esmu es.

Kristīne nomierinās un atgūstas no bailēm. Viņa atpazīst balsi. Tas bija Klaudio. Bet ko viņš darīja viņas teltī tādā stundā? Viņas sejas izteiksme, ko aizēnoja nakts tumsa, atspoguļoja šīs šaubas. Klaudio nosarkst un jautā:

"Es atnācu, lai pajautātu tev, vai tu esi izteicis savu vēlēšanos.

"Vai vēlaties? Kāda vēlēšanās?

"Kalns ir svēts, un pusnaktī tas dāvās vēlēšanos sirdīm mīlestībā. Es esmu izdarījis savu, un jūs zināt, ko? Es lūdzu, lai kalns mūs uz visiem laikiem saved kopā mīlestībā.

" Vai jūs tam ticat? Es nedomāju, ka kāds kalns mainīs mana tēva plānus.

"Es jums jau teicu, kalns ir svēts. Tici man. Tas var piepildīt mūsu sapni.

To sakot, Klaudio sadevās rokās ar Kristīne, un abi aizvēra acis. Tieši tad abas sirdis iegrima paralēlā plānā, kur viņi bija gan laimīgi, gan brīvi. Kristīne redzēja sevi precētu ar viņu un kā vismaz septiņu bērnu māti. Ar brīdi pietika, lai viņi justos kā vienoti, saistīti ar Visumu. Strāva bija salauzta; Klaudio atvadījās, un Kristīne mēģināja aizmigt uz cietās, sausās grīdas.

Nolaišanās no kalna

Kad pienāk jaunā diena, Klaudio pieceļas un sāk pamodināt pārējos. Kristīne ir pēdējā, kas ceļas. Klaudio un Rafaels ienirst mežā, lai noķertu dažas zivis netālu esošajā dīķī. Tās būtu viņu brokastis. Tikmēr sievietes cenšas iedegt uguni ar pārējo pāri palikušo malku. Fabiana pārtrauc klusumu.

–Guli labi, Kristīne?

"Ne pārāk labi. Šī cietā, sausā zeme sāpēja manai mugurai. Tas joprojām sāp. (Kristīne)

"Tā tev ir skauta dzīve. Gatavojieties, jo mums joprojām ir daudz piedzīvojumu. (Talita)

“Vai jums vispār patika pastaiga? (Patrīcija)

" Jā, man patika. Kalns elpo miera un miera gaisu. Man patika kontakts ar dabu un jūsu kompāniju. (Kristīne)

"Mēs arī to izbaudījām, lai gan šī nav mūsu pirmā reize. Tagad jūs esat daļa no mūsu komandas. (Patrīcija)

" Vai jūs pagājušajā naktī nokārtojāt lietas ar Klaudio? (Talita)

"Mēs nolēmām nesākt attiecības, jo dzīvojam pilnīgi citās pasaulēs. (Kristīne)

"Ar laiku jūs to izstrādāsiet. Mīlestība ir stiprāka par atšķirībām, un, kā jau teicu, es labprāt būtu jūsu svainīte. (Fabiana)

"Arī es. (Patrīcija)

"Es tevi apskaužu. Klaudio ir tik mīļš. Pārāk slikti, ka viņš mani neinteresē. (Talita)

Saruna turpinājās dzīvīgi starp sievietēm, bet Kristīne izvēlējās nebūt daļa no tās. Runājot par savu mīlestību, Klaudio sāpināja viņas dvēseli, jo likās, ka tā būs neiespējama mīlestība. Viņa labi pazina savus vecākus un zināja, ka viņi būs pilnīgi pret šāda veida attiecībām. Viņas māte joprojām pauda cerības, ka viņa atgriezīsies klosterī, un viņas tēvs vēlējās redzēt viņu precētu ar viņu sociālā līmeņa vīru. Abas iespējas izslēdza Klaudio no viņas dzīves, bet tajā pašā laikā viņas sirds ilgojās pēc viņa; viņa gribēja tikai viņu. Tie bija viņas divi "pretējie spēki", kas viņai būtu jāsaskaņo vai pat jāizvēlas. Šie "pretējie spēki" iebruka viņas sirdī un joprojām atstāja viņu šaubās. Apmēram trīsdesmit minūtes pēc tam, kad viņi aizgāja, Klaudio un Rafaels atgriežas ar pienācīgu zivju skaitu. Uguns jau bija iedegta, un zivis tiek novietotas uz grila. Zivis ir pilnībā ceptas un sadalītas starp grupas locekļiem. Klaudio saka:

"Mēs makšķerējām, un pēkšņi parādās veca kundze, kas lūdz kādu zivi maltītei. Es tos viņai atdevu, un pateicībā viņa mani svētīja un teica, ka es būšu ļoti laimīgs. Es to dāmu nepazinu. Es nekad neesmu viņu redzējis ap šīm daļām. Viņai acīs bija šis skatiens, kas mani ieintriģēja tā, it kā viņa zinātu nākotni.

"Varbūt viņa ir aizbildne? Vai leģenda nevēsta, ka viņa dzīvo šeit, kalnā? (Fabiana)

"Varētu būt. Tas ir tas, ko es domāju, kad es viņu ieraudzīju. (Rafaels)

"Tad tev ir ļoti paveicies, mans brāli. Ir maz cilvēku, kuri var sasniegt laimi. (Patrīcija)

"Viņa bija ļoti dīvaina. Es jutu vēsumu, kad iedevu viņai zivis. (Klaudio)

"Es esmu praktisks. Es pat uzskatu, ka kalns ir svēts pēc pieredzēm, ko esmu šeit dzīvojis. Bet tad ticēt aizbildņiem un alām, kas dara brīnumus, ir daudz zemes, ko segt. Drīz jūs mēģināsiet mani pārliecināt, ka ir spoki un elfs. (Talita)

"Ja es, būtu tu, es par to nešaubītos. Klaudio ir nopietns cilvēks un nav melis. (Marsela)

"Es arī viņam ticu. Klosterī viņi man iemācīja tiesāt cilvēkus pēc viņu acīm, un Klaudio bija pilnīgi sirsnīgs, runājot par aizbildni. Viņš ir patiešām privileģēts, ka ir viņu saticis. (Kristīne)

Turpmākajos brīžos ap nometni valdīja klusums, un grupas dalībnieki beidza ēst savas zivis. Klaudio un Rafaels nojauca teltis, un sievietes savāca kopā priekšmetus, kurus viņi bija atnesuši. Grupa satikās lūgšanā pateicīga par mirkļiem, kas dzīvoja kalnos, un sāka pastaigu atpakaļ uz ciematu, kur viņi dzīvoja. Klaudio maigi piedāvāja savu roku Kristīne, un viņa to pieņēma. Nolaišanās no kalna bija bīstama iesācējiem. Fizisks kontakts ar Klaudio lika Kristīne sirdij lēkāt vēl vairāk. Šis vīrietis viņu padarīja tik traku, ka viņa gandrīz aizmirsa sociālās konvencijas, kad viņa bija kopā ar viņu kalnā. Tie bija brīži, kuriem bija spēks aizvest viņu uz paralēlām lidmašīnām, kur neviens nevarēja viņu sasniegt. Viņa šajos brīžos bija jutusies patiesi laimīga. Tomēr pa ceļam lejā no kalna viņai būtu jāatsakās no sapņiem par fantāziju un jāsaskaras ar skarbo realitāti. Realitāte, kurā viņa bija korumpēta, autoritāra un nelokāma majora meita. Papildus tam viņa dzīvoja brīžiem, kad Klaudio viņu turēja un noskūpstīja. Kristīne ar spēku saspiež Klaudio roku, lai pārliecinātos, ka viņš tiešām ir tur, viņai blakus. Viņa jau bija zaudējusi vecvecākus un nespētu piedzīvot vēl vienu zaudējumu. Grupa nolaižas no virsotnes un jau ir nogājusi pusi no attāluma pa stāvajām kalnu takām. Klaudio, grupas līderis, apstājas un lūdz visus darīt to pašu. Visi dzer ūdeni un turpina staigāt. Kristīne domā par savu māti un lamāšanos, ko viņa saņemtu, jo visu dienu bija pavadījusi prom no mājām. Viņa izturējās pret viņu kā pret bērnu, nespējot izvēlēties savu ceļu. Ar savu ietekmi viņa bija iegājusi klosterī un trīs gadus no savas dzīves pavadījusi kā vientuļniece. Viņai tika atļauts iziet tikai pavadītās pastaigās un tikai ar Mātes priekšnieka atļauju. Tajā laikā viņa iemācījās latīņu valodu un kristīgās reliģijas pamatus. Kultūra un zināšanas bija vienīgās pozitīvās lietas, kas iznāca no viņas palikšanas tur. Pārsvarā tā bija izniekota viņas dzīves daļa, jo viņai nebija vēlēšanās būt mūķenei. Viņai bija apnicis būt labai meitenei un paklausīgai, jo tas viņai sagādāja tikai zaudējumus. "Pretējie spēki", kurus viņa nesa sevī, bija jāatrisina. Grupa paātrina savu tempu, un īsā laikā viņi ceļo visu ceļu atpakaļ uz mājām. Viņi atvadās viens no otra un visi atgriežas savās mājās.

Majora pārkāpumi

Kristīne uzņemšana noritēja raiti. Neviens no viņas vecākiem nesūdzējās, ka viņa nakti pavadīja svētajā kalnā. Galu galā viņa nebija bijusi viena. Pēc sarunām ar vecākiem viņa iegāja vannā, aizbrauca uz savu istabu un gulēja, kad jutās izsmelta. Majors un viņa sieva ir viesistabā, runā. Var dzirdēt klaigājošu troksni, un Gerusa nekavējoties dodas pie durvīm, lai tās atvērtu. Lenice, lauksaimnieks, gaida, kad tiks apmeklēts.

"Kā es varu tev palīdzēt?

"Es gribu parunāt ar majoru. Tas ir ļoti svarīgi.

"Nāc iekšā. Viņš ir viesistabā.

Lenice ienāk un dodas uz dzīvojamo istabu.

"Majora kungs, es gribēju ar jums parunāt, kungs. Tas ir par manu jaundzimušo dēlu Hosē.

"Kā ar viņu? Tēvs nevēlas uzņemties atbildību. Vai jums ir nepieciešama palīdzība, lai viņu paceltu?

“Nē, nekas tamlīdzīgs. Es vēlos, lai jūs, kungs, būtu viņa kristību krusttēvs.

"Kas? Krusttēvs? Kurai svarīgai ģimenei jūs piederat?

"Es esmu Silva, un mēs strādājam lauksaimniecībā.

"Tas nav iespējams. Es nebūtu vienkārša Silvas ģimenes locekļa draugs, pat ja es būtu pēdējais cilvēks uz Zemes. Pirms ierašanās šeit ierodaties ar šādiem pieprasījumiem, jums vajadzētu pārbaudīt sevi.

"Majora kungs, jums nav sirds.

Nabaga sieviete asarās noņem sevi no istabas un aiziet. Viņa sapņoja par to, ka būs majora draugs, tāpat kā daudzi no ciema. Viņas dēlam būtu daudz vairāk iespēju augt, ja viņš būtu majora krustdēls. Viņam būtu pieejama izglītība, veselības aprūpe un cienīgs darbs, jo viss šajā ciematā bija atkarīgs no majora ietekmes. Visi bez izņēmuma vēlējās kaut kādu saikni ar viņu, lai būtu šīs privilēģijas. Tie, kas nevarēja, tika novirzīti posta un ciešanu pasaulē.

Pēc zemnieka izdzīšanas majors gatavojas doties uz policijas iecirkni. Viņa sieva Helēna iztaisno savas drēbes.

" Vai tu to redzēji, sieviete? Kāda nekaunība! Liela daļa no manas vērtības nevar būt vienkāršas Silvas draugs.

"Šie cilvēki šeit mirst, lai būtu jūsu draugi. Zelta racēji!

"Ja viņi būtu vismaz tirgotāji, es to ņemtu. Vai esat kādreiz kaut ko tādu redzējuši? Liels, draugos ar zemniekiem.

"Es priecājos, ka jūs viņu nolikāt viņas vietā. Es nedomāju, ka vēl kādi lauksaimnieki uzdrošināsies šeit ierasties.

Majors atvadās no sievas ar skūpstu. Viņš sāk staigāt, atver durvis un aiziet. Viņš koncentrējas uz to, ko grasās darīt. Kopš mēra kā galvenā politiskā autoritāte reģionā viņu bija zvērējis oficiāli, viņš vēl nebija pieņēmis nekādus aktīvus lēmumus. "Jaukā" majora figūra viņu jau kaitināja. Viņam bija jākāpj uz augšu, lai viņu cienītu citas varas iestādes. Majoram un pulkvedim bija galvenā loma negodīgas struktūras konsolidācijā, ko sauca par "pulkvežu grupu", kas tajā laikā valdīja. No šīs netaisnīgās struktūras viņi priecājās par varu. Majors turpina staigāt, un drīz vien viņš jau tuvojas stacijai. Viņš ir pilnībā pārliecināts par to, ko grasās darīt. Savā traģiskajā bērnībā Maceió viņš iemācījās, kā pieņemt lēmumus visos brīžos, un viņš atzina, ka tagad ir labākais laiks. Viņš uzņem tempu, lai izvairītos no nožēlas un vainas apziņas. Viņš ierodas policijas iecirknī, atver ārdurvis un paziņo:

"Delegāts Pompeu, mums ir svarīgs jautājums, kas jāapspriež.

Majors iesniedz sarakstu delegātam savā sēžu zālē.

"Kas tas ir?

"Šis ir visu likumpārkāpumu nodokļu maksātāju pilns saraksts. Es vairs necietīšu nekādu kavēšanos, un es pieprasu, lai jūs, kungs, kā delegāts, tiktu ar to galā.

" Vai jūs viņiem iedevāt pagarinājumu par samaksu?

" Jā, es darīju visu, kas bija manos spēkos. Nodokļu iekasētājs Klaudio man teica, ka viņi dod klibs attaisnojumus, lai nemaksātu.

"Es neredzu, ko es varu darīt. Likums man neļauj veikt nekādas darbības.

"Man jums jāatgādina, Pompeu kungs, ka jūsu dārgais delegāta amats būs apdraudēts, ja jūs neveiksiet nekādas turpmākas darbības. Likums, ko es pazīstu, kalpo visspēcīgākajam, un kā majors es jums saku, lai jūs nekavējoties ieslodzītu visus šos nelaimīgos un neatbrīvotu viņus, kamēr viņi nav samaksājuši savus parādus.

Delegāts Pompeu pamāja ar galvu un piezvanīja saviem diviem virsniekiem, lai sāktu arestēt upurus. Majors ir apmierināts, jo viņa prasības tiek izpildītas. Šī būtu pirmā no Daudziem patvaļīgajām darbībām, ko viņš uzskatītu par lielāko politiskās autoritātes figūru reģionā.

Masa

Tas bija skaists svētdienas rīts. Kapelas zvani skanēja, paziņojot par svētdienas misi. Vestibilā tēvs Chiavaretto gatavojas vēl vienām svinībām. Chiavaretto bija Mimoso oficiālais priesteris. Sākotnēji no Venēcijas, Itālijā, vidusšķiras ģimenes dēls, viņš tika ordinēts 1890. gadā. Viņa priesteru darbība sākās viņa dzimtajā zemē tajā pašā ordinācijas gadā un ilga līdz 1908. gadam. Šogad ar Venēcijas bīskapa apņēmību viņš tika oficiāli pārcelts uz Brazīliju. Viņa misija bija izplatīt Evaņģēliju un katehēzīt tos, kuri joprojām pastāvēja pagānismā. Divu gadu smaga darba laikā viņš bija sasniedzis progresu mazajā ciematā. Tomēr viens no sasniedzamajiem mērķiem bija iegūt lielākus skaitļus masveidā. Sākumā, kad viņš ieradās ciematā, iedzīvotāju klātbūtne masā bija lielāka. Laika gaitā cilvēki zaudēja entuziasmu tikai tāpēc, ka Chiavaretto veiktā masa bija pilnībā latīņu valodā. Tajā laikā tā bija baznīcas oficiāla apņemšanās.

Pirms svētku uzsākšanas priesteris velta pārdomu brīdi. Laiks Venēcijā viņam ienāca prātā, un viņš atcerējās katra sava brāļa un māsas likteni. Viens no viņiem nolēma būt karavīrs armijā un aizgāja, lai izveidotu integrētu miera fronti citā valstī. Viņam vienmēr bija bijusi tieksme aizsargāt pārējos bērnus. Viena māsa aizgāja, lai kļūtu par mūķeni, bet otra apprecējās, un viņai bija četri bērni. Abi savā dzīvē gāja pretējus ceļus, bet ne aizmirsa otru, ne pārstāja būt draugi. Abi dzīvoja Venēcijā, Itālijā. Viņš kļuva par priesteri, bet ne pēc izvēles, bet pēc likteņa zīmes. Viņu aicināja Jēzus. Notikumi, kas lika viņam izlemt kļūt par priesteri, bija šādi: Kad viņš bija bērns, viņš mierīgi spēlējas ar vienu no saviem draugiem uz tilta, kas atrodas tieši virs upes. Spēle, ko viņi spēlēja, bija tag. Sajūsmināts par spēli, viņš kāpa pa tilta margām, lai tiktu prom no pretinieka. Viņa kājas trīcēja, viņš reibst un, sperot viltus soli, viņš iekrita tieši upē. Straume bija spēcīga, jo upe bija pilnībā applūdusi. Chiavaretto mēģināja peldēt, bet viņam nebija pieredzes ūdenī. Pamazām viņš grimst, un viņa draugs vienkārši skatījās, jo viņš arī nezināja, kā peldēt. Tajā brīdī apkārt nebija pieaugušo. Pamazām Chiavaretto zaudēja spēku un apziņu. Kad viņš juta, ka ir tuvu savam galam, viņš nosauca Jēzus svēto Vārdu. Ātri vien viņš sajuta spēcīgu roku, kas viņu turēja, un balsi, kas teica:

"Pedro, nebaidies!

Tas bija viņa vārds: Pedro Chiavaretto. Varenā roka pacēla viņu uz augšu un ārā no ūdens. Kad viņš tika izglābts, upes krastā noslēpumainais cilvēks pazuda. Kopš tās dienas Pedro Chiavaretto veltīja sevi tikai reliģijai un kļuva par priesteri. Šī pieredze bija viņa noslēpums, viņš nevienam to neteica.

Pārdomu brīdis paiet un priesteris dodas pie altāra. Viņš skatās uz draudzi un pārbauda, vai tas ir tāds pats precīzs cilvēku sastāvs kā vienmēr: bagātie un varenie, kas sēž labākajos soļos, un mazāk laimīgie citos. Šāda veida šķelšanās viņu satrauca, jo tas bija tieši pretējs tam, ko viņš uzzināja seminārā. Cilvēki ir vienlīdzīgi Dieva priekšā, un viņiem ir tāda pati nozīme. Tas, kas atšķir cilvēkus un padara tos īpašus, ir viņu talanti, harizma un citas īpašības. Pat ja tā, viņš neko nevarēja izdarīt. Līdz ar Republikas proklamēšanu un 1891. gada konstitūciju notika oficiāla baznīcas un valsts nodalīšana. No tā brīža Brazīlija kļuva par valsti, kas veido valsti bez oficiālas reliģijas. Arī baznīca zaudēja lielu daļu sava spēka un privilēģiju. Līdz ar to pulkvedis grupa (kas valdīja ziemeļaustrumos) bija augstākā savos lēmumos, lēmumos, pret kuriem baznīca nevarēja iet.

Priesteris sāk svinības, un vienīgie, kas patiešām pievērš uzmanību viņa vārdiem, ir dievbijīgā Kristīne un Helēna, jo abi zina latīņu valodu. Pārējie devās uz baznīcu, lai tikai paskatītos uz citu drēbēm un stiliem un tenkotu. Viņiem nebija ne jausmas par masas patieso nozīmi. Priesteris runā par piedošanu un par to, ka mums jābūt uzmanīgiem pret zīmēm, kas nāk no mūsu sirdīm. Viņš saka, ka tas ir labākais kompass pazudušajiem ceļotājiem. Mise turpinās un sasniedz kopības brīdi. Kad priesteris pārvērš maizi un vīnu Jēzus Kristus miesā un asinīs, Kristīne, šķiet, redz Klaudio pie šī altāra, blakus Tēvam. Viņa pakrata galvu, un vīzija pazūd. Tā bija otrā reize, kad ar viņu kaut kas tāds notika. Pirmo reizi, kad tas notika, viņa adīja uz savas mājas lieveņa. Kas ar viņu notika? Viņas domas pat necienītu masu. Kristīne nolemj neņemt kopību, jo nebija gatava un nejutās pilnīgi šķīsta, lai tajā piedalītos. Helēna to dara. Svinības turpinās, un Kristīne cenšas koncentrēties uz priestera sprediķi. Viņa pievērš uzmanību katram vārdam, ko viņš izteicis. Tajā brīdī beidzot viņa spēj nedaudz aizmirst Klaudio un aizmirst brīnišķīgo pikniku. Viņa gandrīz atdeva sevi viņam kalnā. Bailes no tiesas un no tēva viņu aizkavēja. Priesteris dod pēdējo svētība, un Kristīne jūtas atvieglotāka. Viņai vairs nebūtu jāuztraucas par to, ka viņa kavēs savas domas.

Pārdomas

Kristīne kopā ar vecākiem pamet Svētā Sebastiana mazās kapelas atkarības. Majors atvadās no viņiem un dodas rūpēties par biznesu

Iedzīvotāju biedrības ēkā. Divi atgriežas mājās. Pa ceļam Kristīne sāk pārdomāt sprediķi, kas pirms mirkļa dzirdēts no priestera. Vai viņa bija saņēmusi piedošanu no mātes pēc aiziešanas no klostera? Vai viņai bija piedots? Atbilde uz abiem jautājumiem ir nē. Viņas māte, vīlusies pēc aiziešanas no klostera, nekad vairs nebija tā pati māte, kuru viņa bija iemācījusies mīlēt un cienīt. Viņa vairs nemīlēja un neizrādīja viņai nekādas gādīgas emocijas kā iepriekš. Viņas māte vairs nebija viņas draugs, tikai pavadonis. Atkal un atkal viņa runāja par klosteri un komentēja, kā viņa būtu tik laimīga, ja viņai būtu meita, kas bija mūķene. Viņa joprojām baroja savas cerības, ka Kristīne tur atgriezīsies. Runājot par savu likteni, Kristīne joprojām bija šaubas. Viņa bija pārliecināta par jūtām, kas viņam bija pret Klaudio, taču baidījās pilnībā padoties šai kaislībai un galu galā sāpināt.

Kristīne klosterī bija sapratusi, ka cilvēkiem ir daudz pušu un viņiem nevar uzticēties. Kas attiecas uz to, ka viņa seko savai sirdij, viņa bija atteikusies to klausīties savas dzīves svarīgākajos brīžos. Viņa neklausījās, kad teica, ka neiesaistīsies ar dārznieka dēlu klosterī. Pēc izraidīšanas viņš viņu pameta bez paskaidrojumiem. Viņa arī to neklausījās, kad lūdza viņu padoties Klaudio, kalnā. Tā vietā viņa izvēlējās pakļauties sociālajām konvencijām un bailēm. Abas reizes, kad viņa atteicās ieklausīties savā sirdī, viņai traucēja. Kristīne noslēdz derība ar sevi un piekrīt tajā ieklausīties nākamajā iespējā. Tēva Chiavaretto mise bija izrādījusies noderīga.

Sucavão

Tas bija mierīgs otrdienas rīts. Iepriekšējā dienā upes un strautus bija piepildījis lietusgāzes. Vieta bija rosīga ar daudziem peldētājiem no visa reģiona, kas izklaidējās Mimoso upē. Tikmēr jauno draugu grupa, kuru vadīja Klaudio, bija ceļā uz Kristīne rezidenci. Viņi lūgtu viņu doties citā īpašā ceļojumā. Viņi ierodas rezidencē un aplaimo rokas, lai tiktu sadzirdēti. Gerusa, mājas kalpone, atbild uz durvīm.

"Ko tu gribi?

"Mēs esam šeit, lai runātu ar Kristīne. Vai viņa ir mājās?

"Viņa ir. Pagaidiet mirkli. Es viņai piezvanīšu.

Pēc dažiem mirkļiem Kristīne šķiet smaidīga un gatava ar viņiem parunāt.

"Gerusa man teica, ka jūs, puiši, vēlaties ar mani runāt. Kā ar?

Runāja grupas līderis Klaudio.

"Mēs esam šeit, lai aicinātu jūs doties interesantā ceļojumā kopā ar mums. Līdz ar vakardienas lietus reģiona upes un strauti pārplūda. Visa pilsēta to izbauda. Frexeira Velha saimniecībā, netālu no šejienes, ir ļoti īpaša vieta, kuru mēs vēlamies jums parādīt. Ko jūs sakāt?

"Ja jūs apsolāt, ka nebūs nekādu pārsteigumu, kā tas bija tajā laikā piknikā, es iešu. (Kristīne)

"Nebūs. Jūs būsiet sajūsmā par šo vietu. (Fabiana)

"Mēs apsolām jums parādīt ļoti īpašu rītu. (Rafaels)

Arī pārējie grupas dalībnieki mudina Kristīne pieņemt, un viņa galu galā piekrīt. Galu galā viņa tajā brīdī nedarīja neko svarīgu. Nedaudz izejot ārā, viņa palīdzētu labāk pārdomāt dažas idejas. Ar Kristīne piekrišanu grupa sāka iet uz galamērķi, kuru viņa ignorēja. Klaudio piedāvāja viņai savu roku, un viņa pieņēma, sekojot viņas sirds instinktiem. Viņa to bija iemācījusies no priestera. Fizisks kontakts lika Kristīne ienirt paralēlos Visumos, kas ir tālu ārpus parasta cilvēka iztēles. Šajās vietās nevienam nebija vietas, izņemot viņu un viņas mīļoto. Viņa bija precējusies ar vismaz septiņiem bērniem, visi no Klaudio. Viņas aizspriedumainajiem un morāli nestabilajiem vecākiem trūka spēka viņu ietekmēt savā iztēlē. Ja Ororubá kalns būtu patiešām svēts, tas turpinātu viņu lūgumu un padarītu šos plānus par realitāti. Lai gan tas bija gandrīz neiespējami divu iemeslu dēļ. Pirmkārt, tāpēc, ka viņa bija mātes meita, kurai joprojām bija cerības, ka viņa kļūs par mūķeni. Otrkārt, viņai bija tēvs, kurš viņai projicēja nākotni (viņaprāt, laimīgu), apprecoties ar viņu ar kādu no sava sociālā līmeņa. Turklāt abi bija ārkārtīgi aizspriedumaini.

Grupa nedaudz apstājas, lai ikviens varētu dzert šķidrumu. Klaudio ne mirkli neatlaida Kristīne roku. Viņaprāt, Kristīne būtu tikai viņa, redzot, kā viņi ir savstarpēji saistīti. No brīža, kad viņš viņu satika, viņa dzīve mainījās. Viņš sāka piešķirt mazāku nozīmi dzeršanai un smēķēšanai. Viņš praktiski pārtrauca to darīt. Arī viņa draugi pamanīja izmaiņas. Viņš bija kļuvis par harizmātiskāku un dzīvespriecīgāku cilvēku. Viņš vairs nesūdzējās par darbu vai rēķiniem. Viņu apgaismoja Dieva mīlestība. Kristīne viņš bija gatavs darīt jebko: stāties pretī drausmīgajam Majoram un viņa sievai; stāties pretī sabiedriskajai domai; stāties pretī Dievam un pasaulei, ja nepieciešams. Viņš iepazina patiesu mīlestību; atšķirībā no citām reizēm, kad viņš bija saticis.

Grupa paātrina savu tempu un aptuveni desmit minūšu laikā sasniedz Frexeira Velha saimniecību. Viņi pagriežas pa labi un iet vēl dažas pēdas, jo saīsne viņus aizveda uz dzelzceļa robežu. Viņi beidzot ierodas galamērķī, un Kristīne ir pārsteigta. Tas saskaras ar dabisku baseinu, kas cirsts akmenī, un no tā paveras skats uz nelielu straumi.

" Tātad, tas ir tas, ko jūs gribējāt man parādīt. Tas ir sensacionāli!

"Mēs zinājām, ka jums tas patiks. Tā ir lieliska vieta, kur nedaudz atpūsties. To sauc par Sucavão. (Klaudio)

Viņi visi skrien uz šo mazo dabas brīnumu. Klaudio nedaudz attālinās no Kristīne un sāk traki lēkāt apkārt ūdenī. Viņš dažas sekundes paliek iegremdēts. Kristīne satraucas un sāk viņu meklēt pa visu baseinu. Kad viņa to vismazāk sagaida, divas spēcīgas rokas tur viņas augšstilbus un Klaudio atkal parādās, apskāvis viņu.

"Vai jūs mani meklējāt?

Kristīne neko nesaka un balsta mazās rokas uz Klaudio pleciem. Viņš jūt mirkli un pietuvojas viņai. Viņa uzstājīgās lūpas meklē viņu. Abi atrod viens otru un izraisa aplausu vētru. Kristīne un Klaudio pagriežas pret citiem un smejas. Viņu attiecības tika apstiprinātas. Ikviens turpina baudīt baseinu. Klaudio un Kristīne nekustas viens no otra puses. Grupa visu rītu pavada Sucavão un pēc tam vēlāk visi atgriežas savās mājās.

Tirgus

Rodas ļoti saulains trešdienas rīts, un Kristīne ir tikko pamodusies. Viņa pieceļas no gultas un peldas. Viņa ieiet vannas istabā, ieslēdz jaucējkrānu, un aukstais ūdens pārpludina visu viņas ķermeni. Tajā brīdī viņas prāts ceļo un nolaižas tieši iepriekšējās dienas notikumos. Viņa domā par Klaudio apskāvienu un skūpstu. Sākotnējais fiziskais kontakts lika viņai vēl vairāk pārliecināties par to, ko viņa juta pret viņu. Tas bija kaut kas patiešām ilgstošs. Viņa izslēdz ūdeni, ziepes uz augšu un bailes sāk aizturēt viņas intīmās domas. Kas no viņiem kļūtu, kad to uzzinātu viņas vecāki? Vai labprāt būtu stiprāks par aizspriedumiem un sociālajām konvencijām? Vai tiešām kalns bija atbildējis uz viņas lūgumu? Atbildi uz šiem jautājumiem viņa nemēdza. Vienīgais, ko viņi varēja darīt, bija gan izbaudīt mirkli, gan cerēt, ka tas ilgs mūžīgi.

Viņa atkal ieslēdz ūdeni, un iepriekšējās bailes pazūd. Viņa bija gatava cīnīties par šo mīlestību, pat ja tā viņai dārgi maksāja. Ūdens no jaucējkrāna liek viņai atcerēties Sucavão un to, kā šī vieta bija maģiska. Viņa domā, ka ikvienam vajadzētu būt kā plūstošai upei, kas pilnībā atdod sevi savam liktenim. Tā viņa rīkotos saistībā ar savu mīlestību Klaudio. Aukstais ūdens sāk viņu traucēt, un viņa nolemj to izslēgt. Viņa paņem divus dvieļus un sāk izžūt. Pēc pilnīgas izžūšanas viņa ģērbjas un dodas uz virtuvi, lai paēstu brokastis. Ierodoties viņa atrod Gerusa, kas kalpo vecākiem.

“Uz augšu jau? Tu izskaties lieliski. Kas noticis?

"Nekas, māt. Man vienkārši bija laba nakts.

"Mana meita ir laba meitene, sieviete. Viņa neko nedarītu pret mūsu principiem. (Lielākie)

Ledains vēsums apceļoja Kristīne ķermeni, un tajā brīdī šķita, ka viņas vecāki ir uzminējuši viņas domas. Viņa nolemj klusēt, lai neradītu aizdomas.

“Ko jūs sakāt, ka mēs šodien ejam uz gadatirgu? Man vajag augļus, dārzeņus un pupiņas. (Helēna pozīciju)

"Es labprāt iešu kopā ar tevi, mammu. (Kristīne)

" Nu, es nevaru. Es rūpēšos par biznesu. (Lielākie)

Abi pabeidz brokastis un dodas uz tirgu. Mimoso tirgus bija kļuvis par lielu notikumu, kas vilināja apmeklētājus no visa reģiona. Tajā dienā tā bija ļoti aizņemta, un tirdzniecība uzplauka. Kristīne un Helēna tuvojas Olīvijas augļu stendam, un tajā brīdī šķita, ka debesis krustojas, apmainoties ar skatieniem starp Kristīne un Klaudio.

"Jūs te apkārt? Es to negaidīju. (Kristīne)

"Mana māte atstāja mani par savu telti. Ko bērns nedarītu savas mātes labā? Kā tev klājas, garām?

"Ļoti labi.

"Es nezināju, ka jūs abi esat tik labi draugi.

Kristīne mazliet noslēpj savas jūtas pret Klaudio un atbild:

"Viņš ir daļa no draugu pulciņa, ar kuru es eju ārā, turklāt viņš ir mans kolēģis, vai tu aizmirsi?

"Ak, jā. Nodokļu iekasētājs.

Klaudio uzlūko Kristīne kā līdzvainīgas zīmi. Abiem tas bija jāvilto līdz īstajam laikam. Klaudio jautā:

"Kas tev būs?

"Es gribu divus desmitus banānu, trīs papaijās un sešus mango. (Helēna)

Kristīne pievērš uzmanību katrai savas mīlestības vīrišķīgajai detaļai un ir pārsteigta. Viņai nebija šaubu: Viņš bija tas cilvēks, kuru viņa vēlējās, neatkarīgi no tā, cik daudz šķēršļu viņai bija jāpārvar. Klosterī viņa bija uzzinājusi, ka uzvarētājs ir tas, kuram ir drosme uzdrīkstēties. Klaudio dod viņiem augļus, un Kristīne un Helēna dodas uz citu staciju. Tirgus būs atvērts līdz pulksten 2:00.

Govs lieta

Majors Quintino, kā viens no reģiona pionieriem, kļuva par bagātu plantāciju īpašnieku un līdz ar to par vienu no lielākajiem liellopu audzētājiem reģionā. Kādu dienu viņa darbinieki šķērsoja liellopus pāri dzelzceļam, lai piekļūtu citai zemes daļai. Sagadīšanās pēc tajā pašā mirklī pie apvāršņa parādījās vilciens ar lielu ātrumu. Darbinieki steidzās krustojumā, un vilciena konduktors mēģināja apstāties, bet bez panākumiem. Vienu no govīm notrieca vilciens un triecienā gāja bojā. Šoferis turpināja savu braucienu, un darbinieki bija sašutuši. Viņi sanāca kopā un nolēma visu izstāstīt majoram.

Kad majors dzirdēja šo stāstu, viņš pavēlēja saviem darbiniekiem uz dzelzceļa sliedēm uzlikt milzu klinti. Tajā pašā laikā majors palika perēklis, gaidot vilcienu. Tas parādījās pie apvāršņa tieši laikā, un, kad inženieris pamanīja klinti, viņš apstājās īsi, lai mēģinātu izvairīties no avārijas. Par laimi, viņš bija veiksmīgs, un neviens netika ievainots. Šoferis satraucās, izkāpa no vilciena un jautāja:

"Kas to akmeni ielika dzelzceļa vidū?

Tajā brīdī galvenais tuvojas viņam un jautā:

"Kā tevi sauc, kungs?

"Mani sauc Roberto. Sakiet man, kurš šo akmeni ielika manā ceļā?

"Tie bija mani vīri, kas to šeit ievietoja. Es redzu, ka šodien jums izdevās apturēt vilcienu. Tomēr tikai vakar, kungs, jūs nebijāt veiksmīgs un trāpījāt vienai no manām govīm.

"Tā nebija mana vaina. Vilciens pienāca pilnā ātrumā, un, kad es sapratu, ka govs joprojām ir tur, bija jau par vēlu.

"Jūsu atvainošanās man nav noderīga. Neuztraucieties, ka es jūs neapsūdzēšu varas iestādēm un nepieprasīšu jums maksāt par govi. Tomēr, sākot ar rītdienu, katru reizi, kad jūs šķērsosiet šo ciematu, jums būs pienākums apstāties manas mājas priekšā, jautājot, vai kāds no manas ģimenes ceļos. Ja tā, jūs gaidīsit tik ilgi, cik nepieciešams, lai mēs sagatavotos. Ja nē, varat sekot līdzi savam ceļojumam. Vai mums ir skaidrs?

" Nu, es domāju, ka man nav izvēles. Naudassods.

Majors pavel saviem darbiniekiem izņemt akmeni, lai vilciens varētu turpināt ceļu.

Prese

Majors Quintino visā reģionā bija slavens ar savām spīdzināšanas metodēm. Vispazīstamākais no tiem, bez šaubām, bija drausmīgā prese.

Tas bija dzelzs instruments ar pieciem gredzeniem, vienu uzlikšanai uz kakla, divi katrai rokai un divi katrai kājai. Majora ienaidnieki tika saputoti presē, bieži vien līdz nāvei.

Reiz majoram bija nozagti trīs zirgi, un zagli redzēja viens no viņa darbiniekiem. Zaglis uz laiku pazuda, un majoram neizdevās viņu atrast. Kad lieta tika slēgta, zaglis nolēma atgriezties un bija redzams pastaigājamies pa Mimoso. Majors nekavējoties zināja, ka tas ir viņš, un nosūtīja savus darbiniekus, lai viņu aizturētu. Zaglis tika noķerts un ievietots presē. Spīdzināts un pazemots, zaglis atzinās noziegumā un teica, ka pārdevis zirgus, lai panāktu kādas pārmaiņas. Sadusmotais majors viņam nepiedeva un lika saviem darbiniekiem viņu noslepkavot visas nakts garumā. Zaglis padevās ievainojumiem un nomira. Majora darbinieki paņēma ķermeni un apglabāja viņu. Viņš bija viens no šīs arhaiskās sabiedrības sistēmas upuriem; Sistēma, kas nogalina pat pirms sprieduma.

Ziņa

Bija pagājušas jau pāris nedēļas, kad Klaudio un Kristīne slepeni iepazinās. Abi viens otru redzēja ik pēc piecpadsmit dienām darbā vai citās situācijās kopā ar savu draugu grupu. Šīs tikšanās labi izmantoja abi, kuri apmainījās ar glāstiem un skūpstiem, kad neviens neskatījās. Tomēr šī situācija Klaudio nebija ērta. Viņš joprojām jutās nedrošs ar Kristīne lēmumu nevienam nestāstīt par viņu attiecībām. Viņš gribēja izvēdināt un izstāstīt visai pasaulei, cik laimīgs un piepildīts viņš jutās. Šim nolūkam viņš piezvanīja Guilherme (ielas bērns) un pasniedza viņam zīmīti, kas adresēta Kristīne. Zēns ātri paklausīja.

Guilherme ierodas Kristīne mājā, sasit rokas un kliedz, lai viņu sadzird. Gerusa nāk pie durvīm.

"Ko tu gribi, puika?

"Šī piezīme ir par Kristīne jaunkundzi. Vai jūs, lūdzu, varat viņai piezvanīt?

"Jūs varat man to iedot. Esmu uzticams.

" Nē. Šī piezīme ir jāpiegādā ar roku.

Negribīgi Gerusa dodas piezvanīt Kristīne. Viņas prātā veidojās liela ziņkārība. Viņa bija šīs ģimenes kalpone desmit gadus, un, viņasprāt, nekas, kas notika šajā mājā, viņas acīs nepalika nepamanīts. Tā kā Kristīne bija bērns, viņa rūpējās par viņu un savām interesēm vairāk nekā par savu māti. Viņa negrasījās palikt ārpus tā. Kristīne ir savā istabā, un, kad viņa saņem ziņas, viņa nekavējoties dodas satikt zēnu. Viņa paņem piezīmi, un Gerusa viņu pavada. Tūlīt Kristīne ieslēdzas savā istabā, atstājot aiz sevis nomocīto Gerusa. Viņa jutās nenovērtēta par Kristīne attieksmi. Biedriskuma un līdzdalības gadi tajā brīdī nonāca putekļos. Galu galā, kas varētu būt tik svarīgs, lai Kristīne gribētu to noslēpt?

Sapulces

Sirdij sažņaudzoties, Kristīne sāk lasīt Klaudio rakstīto zīmīti. Tajā viņš uzaicina viņu uz sanāksmi, kas notiks viņa mājās. Kristīne šaubās un domā, ka varētu būt riskanti tur doties. Galu galā ciemata ļaunās mēles varēja radīt aizdomas par viņiem abiem un ka ziņas varētu nonākt tieši pie viņas vecākiem. Viņa vēlējās saglabāt attiecības. No otras puses, viņa nevēlējās sāpināt Klaudio un izraisīt atsvešināšanos starp viņiem. Svarīgākas bija jūtas, kas viņai bija pret savu mīlestību. Viņa mazliet padomā un nolemj iet. Protams, bija vērts riskēt ar to viņas vienas patiesas mīlestības dēļ. Ar sekām, ja tādas būtu, viņi saskartos kopā.

Kristīne gatavojas un aiziet, nesniedzot paskaidrojumus Gerusa vai kādam citam. Viņas prāts klīst uz vietām, kas nav zināmas jebkuram citam cilvēkam, kurš nezināja par to vēsturi. Viņa domā par klosteri, dārznieka dēlu un par savu mīlestību Klaudio. Klosteris parādās kā vecs tēls, kuru viņa vēlas aizmirst. Tur viņa iemācījās latīņu valodu, reliģijas pamatus, cieņu pret cilvēkiem un vārda mīlestība patieso nozīmi. Joprojām atrodoties klosterī, viņa atceras dārznieka dēlu un to, cik svarīgs bija šis lēmums un kā tas bija mainījis viņas dzīvi. Viņa bija atteikusies no mūķenes statusa un bija ņēmusi vērā visas no tā izrietošās sekas, piemēram, mātes vilšanos un nicinājumu. Viņa domā par Klaudio, un ar šo domu cerības stars piepilda visu viņas būtību. Viņas cerība ir, ka viņi paliks kopā mūžīgas mīlestības atbalstīti, pat ja viņiem būtu jāpārvar nepārvaramas barjeras. Pikniks kalnā viņai ienāk prātā un tas, kā viņi bija laimīgi, lai gan nebija kopā. Viņa atceras apskāvienu, skūpstu un vēlmi, ko viņa izteica svētajā kalnā. Savā ziņā viņas lūgums jau bija sācis atbildēt, kad viņa un Klaudio iepazinās. Dodoties uz baznīcu un uzzinot, kas viņai bija, ja viņa būtu palīdzējusi viņai sākt attiecības Sucavão. Šai maģiskajai vietai bija spēks apburt un savest kopā divas sirdis. Viņa bija iemācījusies būt kā plūstoša upe, pilnībā nododot sevi savam liktenim Klaudio. Tieši viņam viņa nolēma doties uz tikšanos.

Kristīne paātrina savus soļus, ziņkārības vadīta. Viņa jau ir tikai dažu pēdu attālumā no vietas. Viņa skatās apkārt un pārliecinās, ka neviens viņai neseko un neskatās. Pašaizsardzības instinkts bija spēcīgāks par visu. Galu galā, visi veiktie piesardzības pasākumi bija nepieciešami attiecībās, kas vēl nebija apstiprinātas. Viņa iet nedaudz tālāk un beidzot ierodas Klaudio mājās. Viņa klauvē pie durvīm un gaida, kad uz tām atbildēs. Durvis atveras, un Klaudio velk viņu iekšā. Kristīne par pārsteigumu Klaudio visa ģimene atkal apvienojas.

"Šeit ir mana draudzene Kristīne, kā es solīju. Mēs satiekamies jau divas nedēļas. Šī ir mana māte Olīvija (viņš teica, norādot uz sievieti ar spēcīgām iezīmēm, kas, šķiet, bija apmēram piecdesmit gadus veca). Citi, kurus jūs jau zināt: manas māsas Fabiana un Patrīcija, un mans tēvs Paulo Pereira.

Kristīne ar šo prezentāciju nav elpas. Ko darīja Klaudio? Vai abi līdz šim nebija slepeni vienojušies? Neveikli Kristīne sveicina visus. Klaudio liek viņai sēdēt pie galda, kur visi ir.

"Laipni lūgta ģimenē, Kristīne. Mēs ar vīru atbalstām šīs attiecības. Tu esi nopietna un labi paveikta meitene. (Olīvija)

"Paldies. Es to negaidīju. Klaudio mani pārsteidza. (Kristīne)

"Es vairs nevarēju pieņemt šo situāciju. Maniem vecākiem bija tiesības satikt manas sirds mīļoto meiteni. (Klaudio)

To sakot, Klaudio sapinies Kristīne rokās un noskūpstīja viņu.

"Es jau pateicu Kristīne, cik priecīga būšu, ja būšu viņas svainīte. Turklāt es gribu teikt, ka es apbrīnoju jūsu apņēmību un smaidu. (Fabiana)

"Arī es. Es novēlu laimi jums abiem. (Patrīcija)

Paulo Pereira sāk pasniegt kokteiļus, un Kristīne ir mazliet atsaukta, lai gan laimīga. Saruna sāk ceļot uz un no dažādām tēmām, un Kristīne ir uzmanības centrā. Visi izsaka komplimentus par viņas stāju un stilu. Laiks paiet, un Kristīne to pat nenojauš. Pēc tam, kad viņi viņu mazliet iepazina, Kristīne atvadās, un Klaudio viņu pavada pie durvīm. Viņi apskauj un skūpsta viens otru, pirms atvadās. Klaudio attieksme parādīja Kristīne, ka viņa nodomi ir nopietni un reāli.

Atzīšanās

Tas bija skaists ceturtdienas rīts, un Kristīne gatavojas doties pie tēva Chiavaretto. Viņa ir piecu cilvēku rindā. Trauksme, nervozitāte un šaubas piepilda visu viņas būtību. Sagatavošanās darbi, ko viņa veica pirms atzīšanās, nebija stājušies spēkā. Viss, ko viņa uzskata par grēkiem, viņai nāk prātā: izlaidumi, kļūdas un piesardzības trūkums. Tomēr viņa joprojām nebija pārliecināta, vai viņa pat pateiks visu patiesību. No otras puses, ja viņa to nedarītu, viņa turpinātu palikt grēkā. Klostera mūķenes, kurās viņa palika trīs gadus, šajā ziņā bija diezgan stingras. Rinda iztukšojas un Kristīne ir nākamā. Viņa ieiet konfesionālajā un ceļos.

"Krusa Marija, žēlastības pilna.

"Ieņemts bez grēka.

"Atzīsties savos grēkos, mana meita.

"Nu, tēvs, man ir liels noslēpums, kas mani noslogo. Ir pagājis kāds laiks, kad es satiekos ar nodokļu iekasētāju Klaudio. Šis noslēpums nogalina mani, tēvu. Dažreiz es pat naktī nevaru gulēt. Tomēr, ja es saku, es esmu pārliecināts, ka mani vecāki būs pret šīm attiecībām, jo viņi ir ļoti neobjektīvi. Ko lai es daru, Tēvs? Es nevēlos šķirties no Klaudio, jo es viņu mīlu.

"Mana meita, tev ir jāpasaka visa patiesība. Tikai tas var atbrīvot jūsu apzināto no nožēlas. Runājiet ar saviem vecākiem un parādiet viņiem savu viedokli. Kad mīlestība ir patiesa, tā pārvar visus šķēršļus. Es domāju, ka es jums došu pensu, lai labāk atspoguļotu. Lūdziet desmit mūsu tēvus un piecus Krusas Marijas.

Kristīne pateicas tēvam un dodas piepildīt savu žēlsirdību. Viņa pārdomātu viņa sniegtos padomus.

Tenkas

Kristīne, kas devās uz Klaudio māju, nepagāja pilnīgi nepamanīta, un to nedarīja arī veidi, kā viņš pret viņu izturējās publiski. Klaudio kaimiņienei Beatrisei bija aizdomas, ka šī vizīte nebija tikai draudzīga. Pēc fakta viņa nolēma izmeklēt abus, lai noskaidrotu, vai viņai ir taisnība savās aizdomās. Galu galā viņa uzzināja visu patiesību. Kādu laiku viņa klusēja, baidoties no majora un viņa sievas reakcijas. Vēlāk viņa nejuta, ka visa šī situācija ir ļoti taisnīga. Ar taisnīguma izjūtu viņa nolēma doties uz majora māju. Viņa ierodas, sasit rokas un viņu sagaida Gerusa.

"Ko tu gribi?

"Es gribu parunāt ar majoru un viņa sievu.

"Viņi ir viesistabā. Nāc iekšā.

Ātri vien Beatrise ienāk un nostājas abu priekšā.

"Laba diena, majors Quintino un Helēnas kundze. Man ir kaut kas nopietns, par ko ar jums runāt. Vai jūsu meita ir mājās?

"Viņa gāja uz grēksūdzi. (Helēna)

"Vēl labāk. Es gribu runāt ar jums par viņu. Viņa slepeni satiekas ar Nodokļu iekasētāju Klaudio. Tur. Es to pateicu. (Beatrise)

"Kas? Vai tu esi traka, sieviete? Mana meita ir laba meitene. Viņa neiesaistītos ar tādu puisi. (Lielākie)

"Es arī nespēju tam noticēt. Es joprojām gribu, lai viņa būtu mūķene. (Helēna pozīciju)

"Es jums apliecinu, ka tas, ko es teicu, ir taisnība. Es redzēju, kā abi apskāvās un skūpstījās ar savām acīm, es zvēru tikpat droši, kā es stāvu šeit. (Beatrise)

"Tad viņa mūs nodeva. Viņa kļūdās, ja domā, ka paliks pie viņa. Es nesajauktu savu vārdu vai asinis ar vienkāršu Pereira. (Lielākie)

"Es arī nespēju tam noticēt. Es neļaušu viņai apprecēties. (Helēna pozīciju)

"Nu, es domāju, ka esmu piepildījis savu Labo samariešu darbu. Es nevaru izturēt, lai redzētu netaisnību. (Beatrise)

"Paldies, ka ļāvāt mums zināt. Es to izdomāšu jums.

Majors pieceļas un nodod Beatrisei naudas vati. Viņa laimīgi un klusi aiziet no Māja, domājot, ka ir izpildījusi savu misiju.

Reiss uz Recife

Ziņa, ka Kristīne satiekas ar vienkāršu nodokļu iekasētāju, majoru nebija atstājusi laimīgu. Tā kā viņa lepnums tika ievainots, viņš plānoja izbeigt šo nepatīkamo situāciju. Viņš nosūtīja piezīmi mēram un Baltā upe pulkvedim, uzaicinot viņus ceļojumā uz Recife. Visi trīs runātu ar gubernatoru par biznesu, politiku un personīgiem jautājumiem. Kad viss bija nokārtots, majors iesaiņoja somas, jo nākamajā dienā devās prom uz Recife.

Diena iesākās ar sauli karstāku nekā jebkad agrāk. Galvenais rodas nekavējoties un dodas vannā. Viņš ieiet vannas istabā, ieslēdz jaucējkrānu un aukstais ūdens pārpludina visu viņa ķermeni. Aukstais ūdens nomierina viņa sirdsapziņu, bet viņa asinis joprojām vārās. Viņš atceras Kristīne, kad viņa bija bērns. Viņa bija tikpat mīļa un maiga kā zieds. Reiz viņa spēlējas ar lellēm un uzaicināja arī viņu spēlēt. Viņš neveikli pieņēma. Kristīne spēlēja mātes lomu, bet viņš " tēva lelli. Viņi pavadīja ilgu laiku, simulējot sarunas un situācijas ģimenē. Bija brīdis, kad viņa teica: "Manai lellei ir paveicies, ka tev ir tāds tēvs kā tu. Tas viņu diezgan daudz aizkustināja, un viņam nācās atteikties no spēlēšanas, lai viņa neredzētu viņu raudam. Kas bija noticis ar šo mazo jūtīgo meiteni?

Kā viņa bija spējusi viņu tā nodot? Kad viņa piedzima, viņš nenoliedza, ka viņam būtu zināma nelabvēlīga sajūta par to, ka viņa ir dzimusi sieviete. Vispiemērotākais viņam bija tas, ka viņam bija dēls, kāds, kas viņam izdevās tirānijā, politiskajā varā un sociālajā ārišķībā. Bet laika gaitā viņa parādīja savu vērtību un uzvarēja pār visiem ģimenes locekļiem. Viņa plāni mainījās, lai organizētu labu znotu, lai rūpētos par savu meitu un gūtu panākumus. Šķita, ka šie plāni iet lejup, jo bija saņemtas jaunākās ziņas, ko viņš bija saņēmis. Ātri majors izslēdz ūdeni un atstāj vannas istabu. Viņš steidzās īstenot savu plānu.

Viņš dodas uz virtuvi un paēd brokastis. Viņš sveicina sievu, bet izliekas, ka neredz savu meitu. Kristīne uzņemas iniciatīvu un runā ar viņu, bet viņš viņai rūgti un sausi atbild. Viņa domā, ka tēva attieksme ir dīvaina, bet klusē. Majoram ir savas brokastis, ļauj viņiem zināt, ka viņš būs prom dažas dienas, pieceļas un aiziet. Jau ārpus mājas viņš sāk veidot rīcības plānu: Vispirms viņš dosies uz policijas iecirkni un, otrkārt, iekāps vilcienā, kas dodas uz Recife. Viņa plāni pārvēršas stāvoklī, kurā atrodas majors, nemierīgs, neomulīgs un vīlies. Viņš bija nemierīgs par atrašanos šajā pašreizējā situācijā: vienkārša ierēdņa vīramāte. Viņš jutās nobažījies, nezinot, kādus rezultātus viņš sasniegs šajā ceļojumā. Viņš bija vīlies, ka viņu nodeva viņa vienīgā mīļotā meita. Kas vēl varētu notikt? Nu, viņš nezināja. Pēc dažām minūtēm viņš jau var redzēt policijas iecirkni, un viņa naids pieaug vēl vairāk. Kas tas niecīgais nodokļu iekasētājs domāja, ka viņš ir? Pat savos mežonīgākajos sapņos viņš nevarēja pievienoties Matias ģimenei. Šī bija ģimene, kas bija tradicionāla un kas bija iekarojusi praktiski visu zemi uz rietumiem no Pesqueira. Kas bija Pereira? Tikai vienkārša tirgotāju ģimene, kas nebija līdz meitas līmenim. Viņš neļāva abiem palikt kopā tik ilgi, kamēr viņš dzīvoja.

Visbeidzot, majors ieiet stacijā un dodas uz delegāta Pompeu biroju. Viņš pamāj ar galvu un sāk runāt.

"Pompeu kungs, man jums ir darbs. Es gribu, lai jūs arestētu vīrieti manā vietā.

"Kāpēc? Kas ir vīrietis?

"Tas ir cilvēks, kurš ir necienījis manu meitu. Viņa vārds ir Klaudio, nodokļu iekasētājs.

"Klaudio? Viņš likās tāds labs zēns.

"Es arī tā domāju. Tomēr viņš mani ir pievīlis ar savu attieksmi. No šodienas viņš ir mans ienaidnieks, un viņam ir jācieš par savu nodevību. Es vēlos, lai jūs viņu nekavējoties arestētu un neatbrīvotu viņu, kamēr es to nesaku.

"Labi, es to izdarīšu. Mani vīrieši viņu šodien arestēs.

"Tas ir tas, ko es gribēju dzirdēt. Tu esi labs draugs, Pompeu. Kas zina, kad es esmu mērs, jūs varētu būt mans sekretārs?

"Jūsu rīcībā, kungs.

Abi atiet un galvenie dodas dzelzceļa stacijas virzienā. Vilciens, kas devās uz Recife, aizbrauks pēc dažām minūtēm. Majora soļi kļūst arvien regulārāki, un viņš jūtas labāk. Viņa plāna pirmais solis tika izpildīts. Viņa ienaidnieks īsā laikā būtu bezspēcīgs aiz restēm. Kristīne būtu jāpierod dzīvot bez viņa. Majors savā galvā sāk izstrādāt sava plāna otro soli, soli, par kuru zināja tikai viņš un Dievs. Viņš ierodas stacijā, nopērk biļeti, sasveicinās ar darbiniekiem un dēļiem.

Iekāpjot vilcienā, viņš sastopas ar Baltā upe pulkvedi (Henrique Cergueira kungs). Viņš sēž viņam blakus un ir priecīgs, ka pulkvedis ir izpildījis viņa lūgumu. Viņi sāk runāt un atceras savas novatoriskās dienas. Viņi atceras vietējo iedzīvotāju pretestību un to, kā viņiem bija jābūt nežēlīgiem, lai pārņemtu savu zemi. Tie abiem bija slavas brīži. Majors Quintino un lauksaimnieks Osmar pārņēma zemes Mimoso reģionā, un pulkvedis Henrique Cergueira ieņēma zemi Baltā upe reģionā; ciemats, kas atrodas uz rietumiem no Mimoso. Pulkvedis atceras, kā viņš spēja pārliecināt dzimto ģimeni, ka viņš viņiem nedarīs nekādu ļaunumu. Laiks pagāja ātri, lai abi atcerētos šo ne tik tālo pagātni.

Vilciens svilpo, signalizējot, ka tas apstāsies. Majors un pulkvedis dodas ārā, lai ātri paēstu. Viņi ierodas bārā netālu no Pesqueira dzelzceļa stacijas.

"Kas jums būs, kungi?

"Divas tases ar labajām lietām, kas tur ir, un šķīvis ar ceptu liellopa gaļu. (Lielākie)

"Nu, major, tu man esi lūdzis aiziet uz Recife, bet neesi man paskaidrojis, kāpēc mēs tur tiešām ejam.

"Man ir savi plāni, bet es tagad nevaru parunāt. Man ir jāatrisina jautājums ar gubernatoru un pēc tam nopietni jārunā ar jums.

"Tu nevari man dot mājienu?

" Nē. Nekas vairāk kā tas, ko es jau teicu.

Saruna atdzisa, un abi pabeidza savu uzkodu. Viņi atstāja bāru, devās atpakaļ uz dzelzceļa staciju un atkal iekāpa vilcienā, jo tas gatavojās aiziet. Iekāpjot vilcienā, mērs jau bija klāt. Majors priecājas, ka arī viņš ir atbildējis uz viņa lūgumu. Viņi paliek vienā automašīnā, lai runātu par savām ģimenēm, futbola zvaigznēm un sievietēm. Runājot par savu ģimeni, majors kā savus lielākos dārgumus min savu sievu un meitu. Pulkvedis runā par savu dēlu Bernardu un viņa meitu Karīnu un nodrošina, ka viņi būs viņa likumīgie pēcteči tikpat lielā mērā politikā, cik savā darbībā. Mērs saka, ka viņam nav bērnu, jo viņa sieva ir neauglīga, bet viņš tik un tā ir laimīgi precējies. Runājot par sportu, viņi atsaucas uz Sport Recife un Jūrniecības kā labākajām futbola komandām štatā. Par sievietēm majors apstiprina, ka mīl visādus. Pulkvedis saka, ka dod priekšroku tumšādainām sievietēm ar tieviem ķermeņiem. Mērs apgalvo, ka viņš neskatās ne uz vienu citu sievieti, izņemot sievu. Pārējie smejas par šo apgalvojumu. Viņi turpina runāt, un laiks paiet ātri. Vilciens veic vairākas pieturas, pirms ierodas galamērķī Recife.

Trīs nolaižas un nekavējoties nogādā transportlīdzekli, lai aizvestu viņus uz pili, kas ir štata valdības mītne. Automašīnā vadītājs iepazīstina ar sevi un uzdod dažus jautājumus. Viņi atbild turpinot sarunu. Vadītājs runā par Recife, izceļot tās tiltus, pludmales, upes, baznīcas un citus orientierus. Noslēgumā viņš saka, ka Recife iedzīvotāji ir viesmīlīgi un draudzīgi. Majors sarunai nepievērš lielu uzmanību, jo koncentrējas uz saviem plāniem. Saruna ar gubernatoru viņam būtu izšķiroša. Pēc kāda laika automašīna apstājas pils priekšā, un visi izkāpj ārā.

Trīs klīst pa dažām pēdām, kas tos atdala no pils, un ieiet pa galvenajiem vārtiem. Iekšpusē viņi tiek instruēti kabinetam un pateikti, ka gubernators viņus redzēs. Viņi ieiet apgabalā, un tos saņem gubernators. Mērs sniedz pareizus ievadus.

"Tas ir majors Quintino, lielākā politiskā autoritāte plaukstošā Mimoso ciemata reģionā. Un tas ir Baltā upe pulkvedis (Henrique Cergueira), kas ir svarīgs Pesqueira rietumu reģiona celmlauzis.

"Esmu dzirdējis runājam par Mimoso. Šī vieta ir kļuvusi par svarīgu Pernambuco tirdzniecības posteni ar dzelzceļa izvietošanu. Kas attiecas uz tevi, pulkvedi, tu esi bēdīgi slavens ar saviem lielajiem sasniegumiem. Man ir tas gods jūs sveikt šeit, šajā ēkā, kas simbolizē mūsu tautas spēku un mūsu valsts lepnumu. Ar ko es varu jums palīdzēt?

"Majoram vajadzētu zināt. Viņš ir aicinājis mūs ierasties šeit, bet nav ļāvis mums iedziļināties par iemeslu, kāpēc. (Riodežaneiro Branco pulkvedis)

"Tā ir patiesība. Attiecībā uz nākamajām Pesqueira mēra vēlēšanām es ar visu cieņu, kungs, vēlētos, lai jūs atbalstītu mani mūsu dārgā drauga Horacio Barbosa kunga pēctecim.

"Kas? Pesqueira reģionā ir daudz pulkvežu. Vienam no viņiem vajadzētu būt pēctecim.

"Nevienam no viņiem nav manas asprātības un politiskās varas. Es esmu ieviesis spīdzināšanas instrumentu, ko sauc par presi, un tas ir kļuvis par manu ienaidnieku absolūto teroru. Es vairs neesmu tikai vienkāršs majors. Horacio kungs un Henrique kungs, kas šeit atrodas, var liecināt manā labā.

"Tā ir patiesība. Majors Quintino izceļas Pesqueira pilsētā. Viņš ir svarīgs mūsu "pulkvežu" sistēmas loceklis. Es kā Baltā upe pulkvedis viņam izrādu savu neierobežoto atbalstu.

"Es arī viņu atbalstu. Viņš bija viens no pirmajiem zemes pionieriem Mimoso reģionā. Viņa attieksme pret vietējiem iedzīvotājiem bija ārkārtīgi svarīga un izlēmīga. Viņš ir vienīgais, kurš var aizstāt mani mēra amatā.

"Nu, ja jūs abi apstiprināsiet viņa kandidatūru un apliecināsiet, es neiebilstu. Es atbalstu viņu kā nākamo Pesqueira mēru.

Trīs aplaudē gubernatoram un majoram Quintino ievelk Baltā upe pulkvedi citā telpā. Viņiem būtu privāta saruna.

"Ko tu gribi man pateikt? Kāpēc jūs mani tā vilkāt?

"Man ir ko jums piedāvāt, kungs. Man ir skaista meita vārdā Kristīne, un es vēlos, lai viņa apprecētos pēc iespējas ātrāk. Es domāju par iespējamiem pielūdzējiem. Tad es atcerējos jūsu dēlu Bernardo un to, kā viņš ir jūsu likumīgais pēctecis gan attieksmē, gan politikā. Es domāju, ka viņš būtu ideāls mačs manai meitai. Ko jūs sakāt? Būtu lieliski, ja abi apvienotu mūsu ģimenes.

Sers Henriks brīdi padomā un atbild.

"Es arī domāju par Bernardo apprecēšanos. Pienāk brīdis, kad cilvēkam ir jāguļ un jānoliek saknes. Jūsu meita viņam būtu liela priekšrocība. Tomēr, vai viņa nebija mūķene?

"Viņa jau ir atteikusies no šīs idejas. Mana sieva piepildīja galvu, kad viņa bija meitene. Tagad viņa ir apmetusies un gatava apprecēties. Kad mēs varam sarīkot kāzas?

"Es domāju, ka mēnesis ir pietiekams, lai parūpētos par kārtību. Mums ir jāsarīko liela ballīte un jāuzaicina mūsu līdzgaitnieki sistēmā.

“Protams. Viss par abu laimi. Es nevaru sagaidīt, kamēr mana māja būs pilna ar mazbērniem.

Abi sarīkojas un atgriežas gubernatora birojā, kur pievienojas mēram. Viņi atvadās no valsts augstākās politiskās varas un dodas uz tuvējo viesnīcu. Viņi pavadītu vēl divas dienas Pernambuco galvaspilsētā, piedaloties ceremonijās un baudot pludmaļu skaistumu.

Atgriezties iekšzemē

Trīs ceļotāji no interjera aiziet no viesnīcas un Pernambuco galvaspilsētas telpām. Viņi fraktē transportlīdzekli tieši uz dzelzceļa staciju. Īsā laikā viņi ierodas galamērķī. Viņi izkāpj no automašīnas, pērk biļetes un beidzot iekāpj. Viņi sēž pirmās klases sekcijā. Baltā upe mērs un pulkvedis sāk runāt, bet majors šķiet domīgs, viņa domas izkaisītas. Viņam prātā nāk Klaudio un Kristīne tēli. Nē, viņi nekad nevarēja būt kopā, jo piederēja pilnīgi citām pasaulēm. Viņš neaudzināja savu meitu par lietvedi mazumtirdzniecības veikalā. Viņa bija pelnījusi tik daudz vairāk, jo viņa bija Mimoso reģiona lielas, augstākās politiskās autoritātes meita. Savā prātā majors redz Klaudio cietumā, un tas viņam sagādā dīvainu baudas sajūtu. Kurš viņam teica, lai viņš viņu tā nodod? Kurš viņam atļāva sapņot tik augstu? Viņš vienkārši maksāja par savu neprātu. Majors iztēlojas visu ainu un nenožēlo. Galu galā viņš rūpējās par savas meitas interesēm un viņas nākotni.

Vilciens traucas un majors sāk stāties sarunā ar saviem diviem pavadoņiem. Viņi runā par saviem nākotnes projektiem. Baltā upe pulkvedis ilgojas pēc dažiem gadiem padarīt savu ciematu par pilsētu un vēlāk nopelnīt neatkarību no Pesqueira pilsētas. Viņš sapņo kļūt par mēru un iegūt labus amatus saviem draugiem un ģimenei. Mērs runā par aiziešanu no politikas un kļūšanu par lielu saimnieku iekšzemē, ap Ciems Belu. Viņš runā par liellopu ganāmpulku aprūpi un plašu stādījumu stādīšanu. Nauda, ko viņš ieguva ar krāpnieciskiem pasākumiem, būtu pietiekama, lai īstenotu šo plānu. Galvenais ir pieticīgāks. Viņš vēlas redzēt savu meitu precētu un ar bērniem. Viņš arī paļaujas uz gubernatora vārdu, kurš solīja viņu atbalstīt mēra amatam. Trīs turpina runāt, un darbinieks viņiem piedāvā sulu un uzkodas. Viņi pieņem. Laiks iet ātri, un viņi iet cauri lielākajām štata pilsētām. Kad viņi ierodas Pesqueira, mērs viņiem atvadās un izkāpj.

Atlikušais maršruts (piecpadsmit jūdzes) starp Mimoso un galveno mītni tiek veikts vienmērīgi un droši. Baltā upe majors un pulkvedis lielāko daļu laika klusē. Kad vilciens ierodas Mimoso, galvenais sola atvadīties un izkāpt. Pēc aiziešanas tas viņa sejā parāda, cik laimīgs viņš ir, jo ir atgriezies veiksmīgs.

Sakārtota laulība

Pēc stacijas amatpersonu sasveicināšanās majors dodas uz savu māju. Viņš pa ceļam redz dažus cilvēkus, bet nepievērš lielu uzmanību, jo domā par to, kā vislabāk lauzt ziņas savām sievietēm. Kāda būtu Kristīne reakcija? Ko teiktu viņa mīļotā sieva? Pirmais bija nodevis savu uzticību, satiekoties ar vienkāršu nodokļu iekasētāju. Otrais vēl vēlējās, lai viņas meita būtu mūķene. Nu, viņam bija vienalga. Viņš bija mājas cilvēks, un abiem bija jāievēro viņa lēmumi. Tas, ko viņš nolēma, bija labākais visai ģimenei. Ar šo domu lielākās steidzas un pirms neilga laika ierodas mājās. Viņš atver ārdurvis un dodas uz viesistabu, bet tur neviena nav. Viņš piezvana savai meitai un sievai, un viņi atbild no virtuves. Ātri viņš dodas uz turieni.

"Esmu atgriezies no Recife. Vai tu mani neapkāpsi?

Kristīne un Helēna sirsnīgi atbild uz majora lūgumu. Viņi kādu laiku apmainās ar glāstiem.

"Es jums nesu labas ziņas. Paskatieties, kāds gods, man bija tas gods runāt ar gubernatoru personīgi.

"Es vienmēr zināju, ka tu esi lielisks cilvēks. Kopš es tevi satiku, es zināju, ka tu esi manas dzīves cilvēks. Vīzijas un veiksmes cilvēks. Jūs nopirkāt majora rangu, mēs pārcēlāmies uz Recife, un jums bija spilgta ideja iegūt lielu daļu zemes, kas atrodas uz rietumiem no Pesqueira. Kopš tā laika mums ir bijis daudz sasniegumu. Es lepojos ar tevi, mana mīlestība. (Helēna pozīciju)

Majors un viņa sieva apskaujas un skūpstās, un Kristīne ir sajūsmā par ainu. Viņa arī gribēja būt tikpat laimīga kā viņas vecāki.

“Kādas ziņas tev ir, tēvs? Es mirstu, lai zinātu.

Majors lūdz viņus sēdēt ar nopietnu un noslēpumainu skatienu sejā.

"Nu, ir divi lieli paziņojumi. Pirmais ir tas, ka gubernators pilnībā atbalstīs manu kandidatūru Pesqueira pilsētas mēra amatam. Otrs un ne mazāk svarīgs ir tas, ka esmu ieplānojusi jums jauku laulību, Kristīne. Jūsu vīrs būs svarīgā Baltā upe pulkveža dēls. Viņa vārds ir Bernardo, un viņš ir tādā pašā vecumā kā jūs. Kāzas būs pēc mēneša.

Pa Kristīne mugurkaulu tek auksts vēsums, un viņai nedaudz reibst galva. Vai viņa bija dzirdējusi pareizi? Šī realitāte bija sliktāka par jebkuru murgu.

"Kas? Tu man esi noorganizējis laulību? Es to negaidīju. Tēvs, es tam neesmu gatavs. Es pat nezinu, ka šis puisis viņu daudz mazāk mīl. Lūdzu, piedodiet man, bet es negrasos viņu precēt.

"Es arī esmu pret to. Es vienmēr sapņoju, ka viņa kļūst par mūķeni. Man joprojām ir cerība, ka viņa atgriezīsies klosterī. Laulība nenesīs laimi manai meitai.

"Tas ir nolemts. Jūs domājāt, ka es pieņemšu jūs flirtējot ar Klaudio? Pat savos mežonīgākajos sapņos viņš nekad nevarētu būt mans znots. Es neaudzināju meitu, lai atdotu sev arī kādu. Kas attiecas uz mīlestību, neuztraucieties, laika gaitā jūs to iegūsit.

Kristīne sāk raudāt par visu situāciju. Vai tas nozīmēja, ka viņš jau zināja par viņu un Klaudio? Viņš neko nebija teicis.

"Tēvs, es mīlu Klaudio no visa spēka. Pat ja es nevaru būt kopā ar viņu, es viņu neaizmirstu. Šī laulība, ko jūs man noorganizējāt, nesīs tikai nelaimi. Es jūtu, ka tas nebeigsies labi.

"Muļķības. Viss būs labi. Kas attiecas uz Klaudio, viņš jums vairs nedarīs vairāk ļauna. Esmu viņu izņēmis no... Apgrozībā.

“Ko tu ar viņu darīji?

"Es teicu Pompeu vietniekam, lai viņu arestē. Tur viņš nožēlos dienu, kad viņš jums pieskaras.

"Tu esi bezsirdis briesmonis. Es tevi ienīstu!

Kristīne iziet no virtuves un iet un aizslēdzas savā istabā. Atlikušo dienas daļu viņa raudāja par savu neiespējamo mīlestību.

Apmeklēt

Šķita, ka jaunas dienas atnākšana Kristīne animē. Viņa tikko bija pamodusies, bet palika nekustīga uz gultas. Iepriekšējā diena viņas dzīvē bija postoša. Līdz ar ziņām par norunāto laulību viņas sirds tika iznīcināta un arī cerības būt laimīgai. Viņa varēja domāt tikai par

Klaudio un viņa ciešanām. Viņa cenšas piecelties, bet viņas novājinātais ķermenis pretojas mēģinājumam. Viņa mēģina vienu, divas, trīs reizes, līdz var piecelties. Viņa skatās spogulī un ierauga nocirstu un pieveiktu Kristīne. Kas no viņas kļūtu? Vai viņa varēja slēpt riebumu, ko izjuta pret šo svešinieku, kurš gatavojās viņu apprecēt? Galu galā viņš iznīcināja skaistu mīlas stāstu. Viņa labāk atspoguļo un maina savu viedokli. Abi nebija vainīgi. Pie vainas bija arhaiskā sistēma, kas saka, ka vecākiem jāorganizē laulības saviem bērniem. Kur bija elk dievīga brīvība, kas tika iecerēta Franču revolūcijā? Brazīlijā tā vienkārši neeksistēja. Vienlīdzība un brālība arī bija tāli mērķi, kas jāsasniedz. Pasaulē, kurā valdīja pulkveži un autoritatīvā veidā, cilvēktiesībām nebija vietas.

Kristīne iet prom no spoguļa un nolemj peldēties. Varbūt mazliet auksta ūdens nomierinātu viņas nervus un garastāvokli? Tieši ar šo cerību viņa ieiet vannas istabā. Apmēram pēc divdesmit minūtēm viņa iznāk ārā, meklējot, ka ir nedaudz labāka. Ūdens patiešām spēj atjaunot spēkus. Viņa nožāvē sevi un uzvelk jauku tērpu. Drīz pēc tam viņa dodas ieturēt brokastis virtuvē. Viņa atklāj, ka viņas māti apkalpo Gerusa.

"Kur ir tēvs?

"Viņš aizgāja agri. Viņš devās pirkt liellopus netālu esošajā saimniecībā. Vēlāk viņam ir biznesa tikšanās Iedzīvotāju biedrībā. (Helēna pozīciju)

"Vai viņš joprojām ir pieķēries idejai, ka vēlas, lai es apprecētos?

"Viņš vakar bija ļoti skaidrs. Jūsu kāzas ir plānotas nākamajā mēnesī. Ja es būtu tu, es iemācītos to pieņemt, jo viņš nemainīs savas domas.

"Tu, mana māte, nevarēji mani aicināt? Šī laulība nenesīs neko labu mūsu ģimenei.

"Es negribu cīnīties ar tavu tēvu. Mūsu laulība ir ilgusi tik ilgi, jo es zināju, kā būt piesardzīgam un pakļāvīgam. Ja jūs būtu mani uzklausījuši un palikuši klosterī, jūs nesaskartos ar šo situāciju. Jums būtu taisnība tieši šajā brīdī, pilnīgā kopībā ar mūsu Kungu Jēzu Kristu.

"Es negrasījos dzīvot tavu sapni, māte. Man ir sava dzīve. Ir daudz citu veidu, kā kalpot mūsu Kungam Jēzum Kristum.

"Tad neko no manis neprasi.

Kristīne bija klusa un beidza ieturēt brokastis. Viņa pieceļas un uzaicina Gerusa pavadīt viņu pastaigā, un viņa viegli piekrīt. Abi aiziet, lai neizraisītu Helēnas aizdomas. Kad viņi ir ārpus mājas, Kristīne nodod norādījumus kalponei. Viņa pieņem, un abi turpina staigāt. Viņi devās uz policijas iecirkni, kur Kristīne bija iecerējusi kaut vai tikai īsi redzēt savu lielo mīlestību Klaudio. Viņa bija satriekta, domājot par zvērībām, kurām viņi viņu iesniedza. Viņa pasteidzina savus soļus, ar nepacietību gaidot, kad viņu ieraudzīs. Viņa nebija aizmirsusi mirkļus kalnā vai Sucavão, kur viņa pilnībā padevās. Viņas tēvs varētu viņu apprecēt ar citu vīrieti, taču tas nenogalinātu sajūtu, ko viņa nesa savā sirdī. Pat ja viņš to negribēja, viņš to nevarēja izdarīt.

Pēc kāda laika viņi beidzot nokļūst policijas iecirknī. Kristīne pavel Gerusa gaidīt ārā un viņa dodas uz delegāta biroju.

"Kāds ļoti labs rīts, Kristīne jaunkundze, ko tu gribi?

"Es gribu runāt ar ieslodzīto Klaudio.

"Es atvainojos, bet man ir stingri rīkojumi, ka viņš nesaņems nevienu ciemos. Starp citu, viņa vecāki bija šeit, un es viņus aizsūtīju. Viņš tiek turēts bez apmeklētājiem.

"Jūs ļoti labi zināt, ka viņa arests ir nelikumīgs. Ja pašvaldības iestādes to uzzina, jums ir lielas nepatikšanas.

"Tiešām, vienīgā autoritāte, ko es pazīstu, ir tavs tēvs, majors. Tas cilvēks ir briesmīgs, ja tu man piedodu, ka es tā saku.

"Tu mani nesaproti. Es gribu viņu redzēt tagad, vai arī jūs atteiksieties atbildēt uz majora meitas pieprasījumu?

Delegāts Pompeu kādu laiku par to domāja un nolēma ar to neriskēt. Viņš piezvanīja vienam no saviem padotajiem un lika viņiem atstāt Klaudio vienu pašu ar Kristīne, rezervētā istabā. Abi apskāvās, un viņi gari skūpstījās.

“Kā tev klājas? Vai viņi tevi sāpina?

"Mani sit. Būt prom no jums ir vislielākā no visām mokām. Ārstēšana un pārtika nav laba, bet es esmu dzīvs. Tev bija taisnība Kristīne; jūsu vecāki ir ļoti neobjektīvi.

Kristīne palaiž roku uz Klaudio muguras un saprot, ka ir redzamas viņa ciešanu pazīmes. Drebuļi iet caur viņas ķermeni, un viņa sāk raudāt.

"Kāpēc tam visam bija jānotiek? Kāpēc diviem cilvēkiem nevar būt tiesības brīvi mīlēt? Un lūgums, ko mēs izteicām kalnā? Vai tas kādreiz piepildīsies?

"Tici mīlestībai un kalnam, Kristīne. Kamēr mēs esam dzīvi, ir cerība, lai cik maza tā būtu. Mēs iegājām izmisuma alā, pat ja tas bija mūsu iztēlē, un mēs pārvarējām šķēršļus un slazdus. Ala spēj piepildīt dziļākās vēlmes.

" Jā, tā ir taisnība. Bieži vien savā iztēlē esmu iegājis paralēlās plaknēs, kur dzīvo tikai mēs abi. Es redzu sevi precētu ar septiņiem jūsu skaistajiem bērniem.

"Tā tas ir. Tomēr, ierodoties šeit, jums nevajadzēja tik daudz riskēt. Šī vieta iekrāso jūsu skaistumu. Man viss būs labi, neuztraucieties. Ja redzat kādu no maniem vecākiem, lūdzu, pasakiet viņiem, ka man viņu pietrūkst.

"Es izmantoju iespēju, jo es tevi mīlu. Nekad to neaizmirsti. Es lūgšu svēto Sebastianu, drosmīgo kareivi, lūdzot jūsu brīvību.

"Paldies. Es tevi arī mīlu.

Abi apskauj, skūpstās un beidzot atvadās. Laiks bija beidzies. Izgājusi no istabas, Kristīne pateicas delegātam un dodas prom. Gerusa ir ārā, gaida. Kristīne viņai dod vēl dažus norādījumus, un abi dodas atpakaļ uz mājām.

Pukstēšana

Majors Quintino ir biznesa sanāksmē Iedzīvotāju apvienības ēkā. Viņš žestikulē, ierosina vienošanās un uzklausa asociācijas biedru sūdzības. Viņa majora pakāpe deva viņam tiesības uz pēdējo vārdu. Sanāksmes vidū parādās delegāts Pompeu, lūdzot piecas minūtes viņa uzmanības. Viņš sevi attaisno un dodas runāt ar viņu ārpus biedrības.

"Kas ir tik svarīgi, ka jums bija jāpārtrauc sanāksme? Vai jūs nevarētu sagaidīt, kad vēlāk ar mani runāsiet? (Lielākie)

"Es atnācu, lai jūs informētu, ka jūsu meita parādījās policijas iecirknī, pieprasot runāt ar ieslodzīto Klaudio.

"Kas? Jūs to neļāvāt, vai ne?

"Viņa tik ļoti uzstāja, es padevos. Galu galā viņa ir jūsu meita.

"Jūs tiešām esat nekompetents. Vai es nebiju devis pavēli neļaut nevienam apmeklēt? Vienīgais iemesls, kāpēc jūs netiekat nekavējoties noņemts no savas ziņas, ir tas, ka jūs jau esat attiecīgi apkalpojis kopienu. No šodienas neļaujiet viņam uzņemt vairāk apmeklētāju, pat ja tas ir pats pāvests. Mana meita mani vēlreiz pievīla. Es domāju, ka man ir nopietni jārīkojas.

"Es pakļaušos, kungs. Paldies, ka jūs mani neapšaudījāt.

"Tu esi atlaists. Esmu dzirdējis pietiekami daudz.

Majors atvadās no delegāta un atgriežas biedrības ēkā, lai paziņotu viņiem, ka viņš aiziet. Daži cilvēki sūdzas, bet viņam ir vienalga. Apdullināts, viņš dodas uz savām mājām, kur Kristīne gaida, nevainīgi. Domu plūdumi piepilda majora apjukušo prātu. Viņš atceras Kristīne nodevību, un viņa asinis vārās vēl vairāk. Ar ko, viņasprāt, viņai bija darīšana? Ar visaptverošu un mīlošu tēvu? Viņa pat nesagaidīja majora reakciju. Viņš atceras Kristīne reakciju, uzzinot par norunāto laulību un to, kā viņa pārprata. Dedzība par savu ģimeni un meitas nākotni viņam ieņēma pirmo vietu. Viņš kāptu pāri visiem šķēršļiem, lai sasniegtu savus mērķus. Pat ja tas nozīmēja, ka viņš zaudēja savas vienīgās meitas mīlestību un pieķeršanos. Vēlāk, nākotnē, viņa viņam pateiksies. Kaut kad pēc tam, kad majors ierodas mājās, atver ārdurvis un ieiet. Pirmais cilvēks, ko viņš redz, ir viņa sieva Helēna.

"Kur ir Kristīne?

"Viņa ir savā istabā, atpūšas.

"Nekavējoties piezvaniet viņai. Es gribu ar viņu parunāt.

Helēna klauvē pie savas istabas durvīm un piezvana viņai. Mirkli vēlāk viņa parādās un saskaras ar majoru.

"Tas esat jūs, ar kuru es gribu runāt. Kas tas ir, ko es dzirdu par to, ka jūs runājat ar Klaudio? Vai jūs nesaprotat, ka jums abiem nav nākotnes?

"Mana sirds man teica, lai es tiekos ar viņu un redzu, kā viņš ir. Jūs varat piespiest mani apprecēties ar citu vīrieti, bet neizdzēst to, ko es jūtu pret viņu. Mūsu mīlestība ir mūžīga.

"Tu dārgi maksāsi par to, ka esi gājis pret mani. Es esmu šī reģiona lielākā, augstākā lēmumu pieņemšanas iestāde, un pat jūs, mana meita, nevarat iet pret manu gribu. Uzmanīgi klausieties: No šodienas es aizliedzu jums atstāt bez manas atļaujas, un es darīšu kaut ko tādu, kas man jau sen bija jādara.

Majors atšķetina ādas jostu, kas atrodas uz viņa biksēm, un ar ātru gājienu satver Kristīne ar vienu no viņa stiprajām, vīrišķīgajām rokām. Kristīne cenšas aizbēgt, bet nevar. Nežēlīgi viņš sāk viņai tikt galā ar nopietniem sitieniem ar jostu. Kristīne sāpēs kliedz un māte, Helēna cenšas viņu glābt. Majors viņai draud, un viņa attālinās. Viņš kādu laiku turpina sist Kristīne un, kad saprot, ka ar to pietiek, viņš apstājas. Kristīne krīt izsmelta un ievainota uz zemes. Helēna nāk viņai palīgā un lielākie aiziet pensijā. Kristīne raud nevis no sāpēm, bet no tā, ka uzzina, ka viņas tēvs ir bezsirdis skopums. Viņa nenožēlo neko, ko darīja, ne mīlestību, ko izjuta pret Klaudio. Viņa bija gatava ciest par kaut ko, ko uzskatīja par svētu. Majora piekaušana un draudi netraucēja viņai sapņot par savu patieso mīlestību. Galu galā, kāda jēga būtu dzīvei, ja viņa zaudētu cerību būt laimīgai? Mīlestības dēļ viņa riskētu zaudēt dzīvību, ja nepieciešams.

Helēna palīdz Kristīne ieiet dušā un pēc tam savākties savā istabā. Viņa nebija nekādā stāvoklī, lai kādu uzņemtu vai piedalītos kādās aktivitātēs.

Gerusa brālēns

Mimoso bija saņēmis jaunu iemītnieku, kurš tikko ieradās dzelzceļa stacijā. Tā bija Klemilda, Gerusa māsīca. Sākotnēji no Bahia, viņas dzimšanu bija ielenkuši noslēpumi. Viņa bija piedzimusi tieši tajā brīdī, kad viņas māte piedalījās okultā rituālā veltījumā. Kopš viņas dzimšanas meitene parādīja zināmu dabisku spēju tikt galā ar šiem spēkiem.

Baidoties no savām dāvanām, māte viņu pameta neilgi pēc tam pie labdarības iestādes durvīm. Viņu izglāba darbinieki un audzināja par viņu meitu. Kopš viņas adopcijas tajā pašā iestādē sāka notikt noslēpumaini atgadījumi. Stikls un spoguļi bieži saplīsa, ugunsgrēki notika bez redzama iemesla, un uz jumta un logiem varēja dzirdēt spīļu skaņu. Vienā no šiem ugunsgrēkiem viņa bija vienīgais bērns, kurš aizbēga. Iestāde bija slēgta, un viņa atkal bija kļuvusi par bāreni. Pēc tam viņu aizķēra bezpajumtnieks un sāka praktizēt sīku noziegumu, lai izdzīvotu. Viņas dāvanas tika atklātas, un viņas labdaris sāka to izmantot savā labā, lai uzkrātu bagātību. Viņa uzauga, krāpjot, zogot un manipulējot ar loterijas rezultātiem. Neilgi pēc tam, kad nomira viņas labdaris un viņa bija brīva no viņa ietekmes. Salvadorā viņa bija viena. Pēc tam viņa nolēma uzrakstīt vēstuli savai māsīcai Gerusa (kura viņu regulāri apmeklēja un bija vienīgā ģimene, kuru viņa jebkad bija satikusi), stāstot viņai par situāciju. Viņa uzaicināja viņu ierasties dzīvot Mimoso, kur viņa strādāja par kalponi turīgā mājā. Klemilda viegli pieņēma.

Tagad viņa bija tur, stacijā, pilnībā pārliecināta un pārliecināta par savu lēmumu. Viņa īstenos savu plānu, tiklīdz viņai bija pilnīga kontrole pār okultajiem spēkiem. Mimoso būtu ideāla vieta viņas netaisnības valstībai. Pēc Mimoso iekarošanas viņa plānoja pārņemt pasauli. Tomēr, lai tas notiktu, viņai būtu jāsabalansē "pretējie spēki" un jāizmanto tie savā labā. Lai to paveiktu, tika sperti soļi, lai izmantotu lāstu, izkropļotu patiesu mīlestību un izraisītu traģēdiju. Kad viss bija pabeigts, viņa varēja apslāpēt patieso reliģiju un pārņemt kontroli pār visu.

Viņa pārbauda savā vēstulē ietverto adresi un jautā tuvumā esošai personai, kā tur nokļūt. Viņu vada cilvēks un sāk staigāt. Viņas domas ir pilnas ar negatīvu enerģiju, un viņa domā tikai par iznīcināšanu, pazemošanu un perversu. Savā koferī viņa nes orākulu, kas kalpo kā starpnieks starp viņu un Tumsas Dievu. Viņa atceras savu pirmo kontaktu ar pazemes pasauli un to, kā viņa jutās laimīga un spēcīga, lai sasniegtu šādu varoņdarbu. Pēc tam viņai bija daudz kontaktu. Pēdējā ziņa, ko viņa saņēma, bija izskaidrojusi dažus viņai nezināmus faktus. Tagad viņa bija gatava rīkoties un sākt savu netaisnības valstību.

Viņa turpina staigāt un drīz redz skaisto Māja. Viņa jūt sāpju un ciešanu sajaukumu mājas iekšienē. Viņa smejas, baudot šīs situācijas. Viņa iet nedaudz ātrāk un drīz ierodas mājā. Viņa klaigā un kliedz, lai viņu apmeklē. Paiet daži mirkļi, un Gerusa ierodas, lai atbildētu uz durvīm.

"Mana māsīca Klemilda. Cik labi ir jūs šeit redzēt.

"Es ierados pirms neilga laika. Tev ir vieta man?

“Vēl ne. Majora mājas, un jūs varat runāt ar viņu personīgi. Lūdzu, nāciet iekšā.

Klemilda nekavējoties pieņēma ielūgumu. Viņa ieiet mājā (Gerusa pavadībā) un dodas aprunāties ar majoru. Viņa atrod viņu viesistabā.

"Majora kungs, tas ir mans brālēns Klemilda, kurš nāk no Bahia. Viņa nāca runāt ar tavu žēlastību.

"Patīkami tevi satikt. Mani sauc Quintino, un, kā jūs droši vien jau zināt, es esmu lielākā politiskā autoritāte šajā reģionā. Ko tu vēlies?

"Mana māsīca Gerusa uzaicināja mani atbraukt un dzīvot šeit, Mimoso, jo Salvadora biju viena. Es domāju, vai jūs, kungs, varētu man iegūt labu darbu un arī vietu, kur dzīvot.

"Nu, viena no manām mājām ir neaizņemta un redz, kā tu esi Gerusa māsīca, un viņa ir bijusi kopā ar mums tik daudzus gadus, es varu tev to uzdāvināt. Par darbu šobrīd nekas nenāk prātā, bet, kad es saskatu labu iespēju, es jums to darīšu zināmu. Vai tas bija viss? Gerusa dos jums mājas atslēgas. Patiesībā tā ir gigantiska pils. Es domāju, ka jums tas varētu patikt.

“" Tas arī viss. Paldies.

Priecīga, ka ir dabūjusi naktsmājas, ragana aizbrauca uz savām jaunajām mājām. Nākamā diena būtu sākums viņas nežēlīgajam plānam.

"Svētība"

Kādu dienu pēc Klemilda ierašanās skaistā Māja iemītnieki brokasto. Kristīne izvairās runāt ar tēvu, jo joprojām ir aizvainota par veikto piekaušanu. Helēna un majors runā brīvi.

“Tu domā, ka puika negrib nākt satikties ar mūsu meitu? Es uzskatu, ka tas ir absurdi. (Helēna pozīciju)

"Viņa tēvs tam tā dod priekšroku. Tas ir saglabāt zināmu noslēpuma gaisu. Žēl, ka mūsu meitai nepatīk ideja apprecēties. Es dotu jebko, lai pārliecinātu viņu, ka tas ir labākais. (Lielākie)

"Aizmirstiet to. Neprasiet neiespējamo.

Gerusa pārklausās un nolemj iejaukties.

"Es zinu kādu, kurš var palīdzēt. Mana māsīca Klemilda ir pieredzējusi attiecībās.

"Es domāju, ka tā ir laba ideja. Gerusa, pavadi manu meitu uz Klemilda kundzes mājām. Ja jums izdosies, es jūs apbalvošu. (Lielākie)

"Es neeju. (Kristīne)

"Jums tas nav jāgrib. Neliec man tevi atkal pātagu. (Lielākie)

Caur Kristīne ķermeni skrien šurpu turpu, atceroties sodu. Viņa nebija ar mieru atkal piedzīvot šo sajūtu. Viņa piekrīt, neskatoties uz to, ka tā nav viņas pašas griba. Viņa pieceļas no galda un pavada Gerusa. Abi atstāj māju un jau var redzēt Klemilda rezidenci, kas atrodas tieši pāri ielai. Vēsumu Kristīne izjūt kā brīdinājumu, ka viņai nevajadzētu iet. Tomēr bailes no tēva bija lielākas, un viņa nolēma klusēt. Dažas pēdas, kas veda uz rezidenci, bija nosegtas. Gerusa klauvē pie durvīm, lai tiktu pie durvīm, lai tiktu pie satikšanās. Pēc dažiem mirkļiem parādās Klemilda.

"Es tevi gaidīju. Nāc iekšā. Tu esi Kristīne, vai ne?

"Kā tu mani pazīsti, dāma?

"Visi komentē par tevi. Viņi runā par jūsu skaistumu un jūsu labajiem veidiem. Es vienkārši pieņēmu, kad jūs ieradāties. Nu, nāc iekšā.

Ienāk Gerusa un Kristīne, un vide bija pilna ar negatīvām noskaņām. Priekšmetus, kas iepriekš bija veidojuši šausmu ainu, Klemilda jau bija noņēmusi.

"Es atvedu Kristīne uz šejieni, lai jūs ieteiktu viņai pieņemt laulību, ko majors ir noorganizējis. Viņa ir izturīga pret šo ideju.

" Nu, es domāju, ka es varu ar viņu parunāt. Gerusa, vai tu vari mūs uz brīdi atstāt vienus? Starp citu, virtuvē ir kaudze ar lietām, kas jāmazgā.

"Jūs nekad nemaināties. Vienmēr cenšos mani ekspluatēt.

Gerusa paklausa un dodas uz virtuvi. Klemilda tuvojas Kristīne un sāk riņķot ap viņu.

"Es redzu vīrieti tavā ceļā. Viņa vārds ir Klaudio, vai ne? Viņš ir jauns vīrietis, muskuļots un skaists. Jūs satikāties darbā, un mīlestības sēkla tika noguldīta jūsu sirdī. Tomēr padomājiet kopā ar mani, kāpēc lai viņš jūs neinteresētu? Jūs esat jauna, skaista, inteliģenta un, galvenais, spēcīga majora meita. Vai varētu būt, ka mīlestība, ko jūs jūtat, nav abpusēja? Es jums garantēju, ka viņam būs savi iemesli: lepnums, ambīcijas un vara. Tas ir tas, ko cilvēki meklē. Mīlestība, ko jūs esat ievilkuši savā sirdī, ir tikai ilūzija.

"Jūs mani tik viegli nepārliecināsiet. Es pazīstu Klaudio, un tas, ko mēs uzskatām par īstu. Man nav jālasa viņa prāts, lai būtu pārliecināts par viņa jūtām. Ilūzija ir šī laulība, kurā viņi mani ieveda.

“Vai esat uzskatījuši, ka tas var būt tikai viņa plāns? Vai jūs nedomājat, ka tā ir dīvaina pēkšņā draudzība, ko esat uzsācis? Cilvēki ir patiešām paredzami. Tas, ko viņi vēlas, ir nonākt virsotnē, neatkarīgi no citu jūtām.

"Tava indīgā mute mani nemulsinās. Man nevajadzēja šeit ierasties, jo es nejūtos labi.

"Turies, dārgais. Ļaujiet man jūs svētīt, lai jūs būtu laimīgi savā laulībā.

Pirms Kristīne varēja atbildēt, Klemilda uzlika roku uz galvas. Viņa runāja nesaprotamus vārdus, un Kristīne sāka reibt galva. No viņas rokām un Kristīne galvā izlēca enerģijas virpulis. Operācija ilga nedaudz vairāk par trīsdesmit sekundēm. Vēlāk Kristīne noņēma roku un aicināja Gerusa. Viņa atbildēja, abi pameta dzīvesvietu un atgriezās mājās. Svētība bija pārvērtusi Kristīne par mutantu.

Parādības

Pēc intriģējošās tikšanās ar burvi Klemilda Kristīne sāka justies pavisam citādi nekā iepriekš. Parastās aktivitātes, ko viņa veica un kas viņai sagādāja prieku, piemēram, adīšana, lasīšana un došanās uz darbu, bija kļuvušas garlaicīgas. Tas, kas palika neskarts un bija vienīgais, kas to darīja, bija sajūta, kas viņai bija pret Klaudio. Turklāt ap viņu sāka notikt dīvainas parādības. Adīšana, ko viņa iemācījās bērnībā, pēkšņi neko neveidotu. Šķita, ka līnijām vairs nav nekādas jēgas. Lasot grāmatu, lapu, kuru viņa lasīja, pārsteidza uguns stars un sadedzināja. Viņa juta, kā tajā brīdī deg acis. Ejot garām metāla priekšmetiem, viņa tos piesaistītu. Katrs atklājums, viņa kļuva noraizējusies un brīnījās, ko tas viss nozīmē. Vai tas bija lāsts? Par ko viņa bija kļuvusi? Neviens nevarēja zināt, vai kā citādi viņa riskēs tikt hospitalizēta, un ārsti no visas pasaules gatavojās ar viņu eksperimentēt.

Lai izvairītos no tā, ka viņi to uzzina, viņa pārtrauca iet kopā ar draugiem un piedalījās tikai sabiedriskās aktivitātēs, kas ir absolūti nepieciešamas, piemēram, darbā. Visu laiku viņa centās sevi kontrolēt, jo parādības notika tikai tad, kad viņa bija emocionāli nestabila. Lai atbrīvotos no lāsta, viņa izmantoja dažādas metodes, taču neviena no tām neizrādījās efektīva. Rūgta un dusmīga, Kristīne arvien vairāk izolējās savā pasaulē.

Jauns draugs

Darba rutīna ik pēc piecpadsmit dienām bija praktiski vienīgā sabiedriskā aktivitāte, kurā Kristīne piedalījās. Caur to viņa satika daudzus cilvēkus un ieguva draugus. Viņu vidū bija jauna meitene, vairāk vai mazāk tādā pašā vecumā kā Kristīne, vārdā Rosa. Radniecīgums bija abpusējs, un katru reizi, kad viņi redzēja viens otru, viņiem bija labs laiks sarunāties. Vienā no šādiem gadījumiem Kristīne lūdza viņu atnākt uz savu māju, un viņa to viegli pieņēma. Dienā un laikā, kad viņi bija izlēmuši, Rosa ieradās, ienākot mājas dārzā, klauvējot, lai paziņotu par sevi. Gerusa, mājas kalpone, atbildēja uz durvīm.

"Kā es varu jums palīdzēt?

"Atnācu aprunāties ar Kristīne.

"Tikai mirkli es iešu viņai piezvanīt.

Pēc kāda laika Kristīne parādās un aicina viņu iziet kopā ar viņu uz mājas lieveņa, jo tā bija visvēdināmākā un revanšējošāka vieta, kur būt.

" Nu, Kristīne, es gribu tevi labāk iepazīt. Tu man iepriekš teici, ka būsi mūķene. Kā bija dzīve klosterī?

"Es tur pavadīju trīs vērtīgus savas dzīves gadus. Nu, mūķenes man bija jaukas, lai gan tās bija diezgan stingras. Lūgšanai veltītais laiks bija diezgan plašs, un tas mani dažreiz garlaikoja. Es uzskatīju, ka, ja cilvēks vēlas nonākt kontaktā ar Dievu, nav nepieciešams būt tik nesavtīgam un uzticīgam, jo Dievs ir visu zinošs un saprot visu, ko vēlamies. Laika gaitā viņi saprata, ka man nav aicinājuma, un viņi mani izmeta ārā.

"Tātad jūs pametāt klosteri un atgriezāties pasaulē. Jūs nenožēlojat šo lēmumu?

"Viss atkarīgs no tā, kā tu uz to skaties. Uzreiz, nē. Tomēr tagad, kad mans tēvs liek man apprecēties, es domāju, ka būtu labāk, ja es tur būtu. Lai gan tas būtu tikai tas, ka es slēptos prom no netaisnīgas pasaules, kurā mēs dzīvojam, kur vecāki lemj par savu bērnu nākotni.

“Vai tev kādreiz ir bijusi simpātija vai iemīlējies?

"Kad es biju klosterī, es satiku dārznieka dēlu, kurš mani aizrāva. Tajā brīdī es domāju, ka tā bija mīlestība, bet drīz pēc viņa pamešanas es sapratu, ka tā ir tikai kaislība. Patiesu mīlestību es beidzot atradu kopā ar Klaudio, savu kolēģi. Tomēr manu vecāku pretestība padarīja mūsu attiecības neiespējamas. Mana vienīgā cerība ir lūgums, ko es izteicu kalnā, ka visi apgalvo, ka tas ir svēts. Pastāstiet man nedaudz par sevi. Vai esat kādreiz kādu mīlējis?

"Kā jau teicu, man ir draugs vārdā Felipe, noliktavas īpašnieka dēls. Mēs abi mīlam viens otru un varbūt kādu dienu varam apprecēties. Mūsu vecāki mūs ir pilnībā atbalstījuši.

"Es tevi apskaužu. Jūs nezināt, cik ļoti mani sāpina manu vecāku neizpratne. Es vēlos, kaut es būtu tikai parasta meitene, nevis visvarenā majora meita.

Asaras līst pār Kristīne seju, un viņas draugs mēģina viņu mierināt. Nasta, ko viņa nesa uz muguras, bija pārāk smaga viņu nenobriedušam. Viņa gribēja būt laimīga un saskatīja iespēju būt tik izslīdējusi caur pirkstiem. Viņai atlika tikai divas dienas, lai atdotu sevi kāzām bez nākotnes un svešiniekam, kuru viņa zināja tikai pēc vārda. Redzot, ka viņas draugam vairs nav vēlmes runāt, Rosa atvadījās un apsolīja atgriezties vēl vienu reizi. Viņu draudzība Kristīne bija svarīga, jo viņa nejutās tik izolēta un pilnīgi pamesta.

Diena pirms kāzām

Laulības tuvums lika Kristīne kļūt arvien satrauktākai. Viņa bija runājusi ar priesteri, runājusi ar draugu un pēdējo reizi mēģinājusi pārliecināt vecākus atteikties no idejas apprecēties ar viņu. Līdz šim viņa nebija ieguvusi nekādus rezultātus. Priesteris ieteica viņai atkāpties no amata un pieņemt savu situāciju. Kā viņa to varēja izdarīt? Uz spēles bija likta viņas dzīve un laime. Klosterī viņa uzzināja, ka visi cilvēki var brīvi pieņemt savus lēmumus un vadīt savus likteņus. Viņas tiesības apspieda sabiedrība, kurā bērnus apprec vecāki. Kopā ar savu draugu viņa domāja par savu un Klaudio nākotni. Neviens no viņiem nebija atradis īstu un taustāmu alternatīvu, kas varētu likt abiem būt kopā, izņemot cerību uz svēto kalnu un lūgumu, ko Kristīne tam izteica. Tas bija vienīgais, kas viņai atlika; pagaidiet brīnumu vai maz ticamo, kas notiks.

Kristīne dodas uz terasi un sāk vērot debesis. Viņa atceras mirkļus, kas pavadīti kalnā, un zvaigznes, kuras viņa un Klaudio novēroja kopā. Viņi bija liecinieki sajūtai, kas apvienoja abus, un pat tad, ja lielās un viņa sociālās konvencijas to nekad nepieļaus, abi turpinās mīlēt viens otru. Skatoties uz debesīm, viņa cer, ka nākamā pasaule būs godīgāka un labāka vieta un ka tie, kas patiešām zina patiesu mīlestību, var sasniegt laimi. Viņa atceras Dievu un to, kā viņa uzzināja, cik viņš ir brīnišķīgs. Viņa lūdz Dievu dot vienkāršāko sapņotāju vēlmes, neieejot alā vai kaut kas cits līdzīgs. Viņa arī lūdz spēku, lai izturētu savu mocekļa nāvi līdz galam. Viņa jutās kā mutants un bija vīlusies mīlestībā. Viņa raud pēdējās asaras, kas bija palikušas, lai raudātu, un dodas mājās.

Traģēdija

Beidzot bija dienasgaisma, un tas nozīmēja, ka bija pienākusi briesmīgā diena. Kristīne pamostas, bet cenšas izlikties, ka ir aizmigusi, lai nesaskartos ar realitāti. Kurš zināja, ka viņi varētu viņu aizmirst, un varbūt viss, ko viņa bija cietusi pēdējās dienās, bija tikai vienkāršs murgs? Viņa gribēja atvērt acis un atrast Klaudio, savu patieso mīlestību. Viņa gribēja viņu apprecēt, nevis svešinieku, šo Baltā upe pulkveža dēlu. Uz brīdi viņa jūtas tā, it kā atrastos Sucavão, un atceras katru detaļu no tā, kas tur notika. Šķiet, ka viņa tur jūt ūdens spēku, Klaudio vīrišķīgo apskāvienu un smaržo viņa smaržu. Viņa dziļi iedziļinās šajā domā, līdz balss viņu traucē un atgriež realitātē. Tā bija viņas māte.

"Kristīne, mana meita, mosties, kāzu viesi jau ierodas. Vai esat aizmirsis, ka tas notiks pulksten 8:00?

"Ak, māt, esi pacietīga. Es par ļoti maz gulēju visu nakti, domājot par šo laulību.

Kristīne pieceļas diezgan noskaņota un dodas uz vannas istabu, lai nomazgātos. Viņas māte gaida savā istabā. Apmēram pēc divdesmit minūtēm viņa atgriežas un atrod savu skaisto kleitu, kas izklāta uz gultas. Viņa to novēro un domā, ka tas ir skaisti, kaut arī melanholiski. Viņas māte palīdz viņai saģērbties un uzvilkt grimu. Kad viss ir gatavs, viņa tuvojas spogulim, lai redzētu, kā viņa izskatās. Viņa redz sirdi plosošu sevis versiju, lai gan viņa ir skaisti veidota. Viņa domā par ideju par to, kas notiks, un par savu nākotni nezināma vīrieša pusē. Pēkšņi spogulis saplaisā un saplīst, ar lielu momentu. Kristīne kliedz un māte steidzas palīgā. Par laimi, viņa nesāpēja. Viņa jūt sāpes krūtīs un brīnās, kas notiks. Viņa atceras savus atkārtotos sapņus. Viņas māte viņu nomierina un saka, ka tas nekas. Abi dodas viesistabā, lai satiktu līgavaiņa ģimeni un uzņemtu dažus viesus. Majors paņem Kristīne roku un sāk viņu iepazīstināt.

"Henrika kungs, šī ir mana meita Kristīne. Vai viņa nav skaista?

"Jā, viņa ir ļoti skaista. Mans dēls ir laimīgs cilvēks. Šodien pabeigs mūsu ģimeņu savienību, un tas mani ļoti iepriecina.

Kristīne liek smieties, lai nebūtu nepatīkama. Līgavaiņa māte arī cenšas būt jauka.

"Pēc tam, kad esat precējies, ja jums ir nepieciešama palīdzība, nevilcinieties man jautāt. Mūsu ģimenes sievietes ir ļoti tuvas.

Arī līgavaiņa māsa Karīna soļo uz priekšu un slavē Kristīne matus. Majors un Helēna sveic savus viesus, kas joprojām ierodas. Kad pulkstenis sit precīzi 8:00 no rīta, visi iziet uz terasi, kur notiks laulības. Kristīne pie majora iet līdz pagaidu altārim. Pa ceļam uz altāri viņai ir iespēja acumirklī ieraudzīt sejas ar nemierīgām izteiksmēm. Viņa redz Mātes priekšnieku un mūķenes, kas bija dzīvojušas kopā ar viņu klosterī. Viņa redz arī savus pirmos profesorus un brālēnus, kuri nāca no Recife. Kopumā viņa var sajust mirkļa gaidīšanu un satraukumu. Virzoties uz priekšu nedaudz vairāk, viņa jau var redzēt līgavaini un tēvu Chiavaretto. Pēkšņi niknums viņas iekšienē pārņem viņu un liek viņai ienīst viņus abus. Kāpēc šis vīrs, vārdā Bernardo, piekrita viņu apprecēt? Galu galā viņš bija cilvēks un viņam bija lielāka rīcības brīvība. Viņa nodotos laulībai bez nākotnes un būtu nelaimīga visu atlikušo mūžu. Kā ir ar Tēvu? Kā viņš tika iesprostots, lai piedalītos šajā farsā? Baznīcai vajadzēja stāvēt viņai līdzās un būt viņas līdzdalībniekam, nevis pieņemt situāciju.

Viņa tuvojas līgavainim, un viņas dusmas nemazinās. Ieraugot viņu, zibens stars nāk tieši no viņas acīm un trāpa viņam tieši krūtīs. Viņš krīt pāri, miris. Satraukums publikā savijas, un Kristīne krīt pie viņa kājām.

"Viņa ir briesmonis! (Daži kliedzieni)

Majors rīkojas ātri un sutā savus rokaspuišus, lai palīdzētu Kristīne piecelties un pasargāt viņu no dusmīgā pūļa. Tikmēr mūķenes šķērso sevi, neticot tam, ko viņi tikko bija redzējuši. Līgavaiņa ģimene cenšas piespiest delegātu rīkoties, taču majors viņa rīcību noraida. Galu galā Kristīne tiek izglābta un majors sutā viesus prom. Ballīte un visi svētki tiek atcelti. Norunātā laulība bija izraisījusi traģēdiju.

Melnais mākonis

Kad traģēdija bija pabeigta, Klemilda sāka nodot burvestību, kas sasniegs visu Mimoso reģionu. Viņai bija pilnvaras to darīt, jo viņa bija izpildījusi trīs soļus: Viņa bija nolikusi lāstu, bija izkropļojusi patiesu mīlestību un izraisījusi traģēdiju. Tagad nesvēto kalpošana bija gatava rīcībai, noslāpējot kristietību. Viņa pietuvojas katlam un savai burvestībai ieliek tajā pēdējās sastāvdaļas. Izrunājot nesaprotamus vārdus, viņa dejo ap to. Pēkšņi viņa apstājas un dziļā, spēcīgā balsī saka: "Tumšs mākonis, parādies!

Tūlīt liels, melns, biezs mākonis pārklāj Mimoso debesis. Arī saule ir klāta, un līdz ar to ievērojami samazinās debesu dabiskā gaisma. Lāsts tika ieprogrammēts, lai tas stātos spēkā katru dienu pēc pulksten 12:00. Ar to raganai būtu dubultojusies viņas vara un viņa varētu rīkoties brīvāk.

Mocekļi

Neilgi pēc melnā mākoņa izvietošanas ragana sāk rīkoties. Viņa nolīga divus pagānus, Totonju un Kleidu, lai palīdzētu viņai okultajos darbos. Turklāt viņa lika abiem atbrīvoties no kristietības pārstāvjiem šajā vietā. Pirmie upuri bija tēvs Chiavaretto un mūķene Nunes, kurš apmeklēja Mimoso. Turklāt daži ticīgie tika nocirsti, bet citi uzlika likmes, lai sadedzinātu ugunskurā. Pēc slepkavībām viņi sāka iznīcināt mazo kapelu, kas bija uzcelta par godu Svētajam Sebastianam. Praktiski nekas cits neatlika kā krusts, kas stāvēja neskarts, neskatoties uz mēģinājumiem to iznīcināt. Tas bija simbols, ka kristietība joprojām ir dzīva un var reaģēt.

Kad kundzība bija pabeigta, "pretējo spēku" loks izjuka, un tas radīja nelīdzsvarotību. Ja situācija paliktu tāda ilgu laiku, Mimoso riskētu pazust. Tas ir tāpēc, ka labās puses spēki nepaliktu gūstā pirms šī sakramenta. Galu galā tas novestu pie neparedzama kara, kas varētu iznīcināt abas pasaules.

Vīzijas beigas

Attēlu secība no vīzijas, kas piepildīja manu prātu, pēkšņi apstājās. Apziņa pamazām atgriežas, un es attopos, ka turu avīzes lappusi ar virsrakstu: Kristīne, Jaunais briesmonis. Es to novēroju un domāju, ka virsraksts nožēlojami neadekvāts, jo traģēdija, kas notika, nekādā veidā nebija viņas vaina. Viņa bija tikai vēl viens nežēlīgās un spēcīgās burves Klemilda upuris. Pēkšņi es sāku saprast, kāpēc radās mans ceļojums laikā un mana uzvara pār alu. Es biju daļa no likteņa sižeta, lai mēģinātu atgūt svētīto Mimoso no traģēdijas rokām. Mana misija bija atkal apvienot "pretējos spēkus" un palīdzēt alā dzirdamā kliedziena īpašniekam. Es biju pilnīgi pārliecināts, ka šīs balss īpašniece ir skaistā Kristīne jaunkundze. Mani gaidīja mutēta, pilnīgi rūgta Kristīne. Man būtu jāpārliecina viņa reaģēt un padarīt viņu par savu sabiedroto cīņā pret ļaunuma spēkiem. Galu galā man būtu jāatceras aizbildņa mācības un drausmīgā izmisuma ala, ala, kas bija realizējusi manus sapņus un padarījusi mani par Gaišreģi. Tagad man bija jauns izaicinājums, un es biju gatavs to izpildīt.

Ar avīzi rokā izlasīju visu stāstu par Kristīne. Viņi apgalvoja, ka viņa bija briesmonis kopš bērnības un ka tikai tad tas tika atklāts. Sašutuma un dusmu sajaukums piepilda visu manu būtību. Kā šiem žurnālistiem pietika drosmes to publicēt? Viņi bija izmantojuši traģēdiju, lai stāstītu melus. Kristīne nekad nav bijusi, un arī tā nevarēja būt briesmonis. Viņu tikko bija nolādējusi ļauna un perversa ragana. Tas bija atkarīgs no labiem cilvēkiem, lai palīdzētu viņai un dziedinātu viņu. Es turpinu lasīt avīzi, un viņi apgalvo, ka Kristīne bija jauna dumpiniece, kura pameta klosteri sliktas uzvedības dēļ. Es atkal esmu sacēlies. Man liekas, ka es saplēstu visu avīzi. Sasodīti žurnālisti, viņi visu izkropļo, lai nopelnītu naudu. Kristīne bija jauna, pakļāvīga meitene un bija sekojusi mātes padomam klosterī. Kad māsas saprata, ka viņai nav aicinājuma, viņas viņu izmeta ārā. Es atmetu ziņu lasīšanu, jo tā nebija taisnība. Man pietika ar vīziju, lai es zinātu, kur es stāvu. Paņemu avīzi un atdodu to skapja atvilktnē, blakus galdam, no kurienes to biju dabūjis. Es pieceļos un savā prātā sāku izstrādāt rīcības plānu. Man būtu kaut kā jāapvieno "pretējie spēki" un jāpalīdz Kristīne atrast patiesu laimi. Es tuvojos durvīm un gatavojos tās atvērt.

Liecību

Kad tas atveras, esmu pārsteigts, redzot cilvēku pulcēšanos viesnīcas mazajā foajē. Kāda tam visam bija nozīme? Es satuvinos, lai varētu pajautāt.

"Kas te notiek?

Pompeu, delegāts, runā.

"Mēs esam šeit, jo pret jums tika izvirzītas nopietnas apsūdzības. Tev jānāk kopā ar mums, puika.

Delegāts signalizē saviem apakšbiksēm, un viņi nes roku dzelžus. Viņi tos uzlika uz manām plaukstas locītavām, un es jūtos nepareizi, kā vergs vecos laikos. Karmena mēģina iejaukties, bet delegāts neklausās.

"Vai tas tiešām ir nepieciešams? Man ir tīra sirdsapziņa.

"Mēs par to redzēsim stacijā, dēls. (Lielākie)

Paklausot viņa pavēlēm, es sāku staigāt un vilciens arī aiziet. Izejot no viesnīcas, saprotu, ka klāt bija daudz vairāk cilvēku, kurus interesēja notiekošais. Ko viņi gribēja ar mani? Vai es biju izdarījis noziegumu? Kopš ierados Mimoso, biju ļoti centies nepievērst sev uzmanību. Tomēr tagad mani saslēdza roku dzelžos un aizveda uz policijas iecirkni. Es sāku uztraukties par to, ko tieši viņiem pateikt. Es nevarēju pateikt visu patiesību un apdraudēt misiju. Man būtu jāaizstāv sevi no apsūdzībām ar labu veselo saprātu un inteliģenci. Es sāku domāt par Klaudio un to, kā viņš tika iemests cietumā. Es domātu par veidu, kā izvairīties no tā, kas ar mani notiek.

Kādas desmit minūtes pēc iziešanas no viesnīcas beidzot nonākam iespaidīgajā policijas iecirknī. Kopā ar mani ierodas majors Quintino un delegāts Pompeu. Pārējie ir ārpusē, gaidot lēmumu. Ieejot delegāta privātajā birojā, viņi noņem manus roku dzelžus, un ar to es esmu vairāk atvieglots.

"Nu, apsēdies, Gaišreģa kungs. Tagad es esmu tas, kurš uzdos šos jautājumus. Pirmkārt, kāds ir tavs īstais vārds un no kurienes tu esi? (Deleģēt)

"Mani sauc Aldivan, un es esmu no Recife.

"Ko tu te dari, ja esi no Recife? Kāda ir tava profesija?

"Es esmu " Kapitāla laikraksts " reportieris un atnācu meklēt labu stāstu. Es jums apliecinu, ka mani nodomi ir vislabākie iespējamie. Es neesmu noziedznieks un nevēlos nevienu sāpināt.

"Kas tev ir sakāms par nerimstošajām pratināšanām, kurām tu esi iesniedzis šīs vietas ļaudis? Ko tieši jūs domājat, to darot?

"Tā ir daļa no mana darba, stratēģija, kurā vākt informāciju. Tomēr, ja tas kādam ir kļuvis neveikli, es apstāšos.

"Kā jūs, iespējams, zināt, karaliene Klemilda ir pieņēmusi dekrētu pret jūsu personu. Ko jūs tam sakāt? Nejauši, vai tu esi viņas ienaidnieks?

"Es domāju, ka es labāk neatbildu uz šo jautājumu.

" Nu, man vairs nav jautājumu. Major, vai jums ir vēl kādi jautājumi, kurus vēlaties uzdot šim puisim?

"Jā. Es gribu zināt, vai viņš strādā valdības pretinieku labā.

"Nē, nepavisam. Es nevēlos iesaistīties politiskos jautājumos, lai gan es domāju, ka pašreizējā sistēma ir diezgan negodīga.

"Nu, Aldivan kungs, es domāju, ka es ļaušu jums palikt cietumā uz dažām dienām, lai pārbaudītu, vai viss, kas šeit tika teikts, ir taisnība.

"Es šeit nepalikšu. Tas ir negodīgi. Ja jūs pieņemsiet šo dīvaino lēmumu, es jūs atmaskošu gubernatoram, kurš ir tuvs mans draugs.

Majors un delegāts ir pārsteigti par manu reakciju un ziņām, ko es tikko biju sniedzis. Viņi pulcējas, lai klusumā komunicētu un apņemtos ar to neriskēt. Galu galā es esmu atbrīvots, neskatoties uz dažu cilvēku protestiem ārpus policijas iecirkņa. Mans plāns bija nostrādājis.

Atpakaļ uz viesnīcu

Kad es atstāju staciju, es sāku brīnīties, kāpēc Mimoso iedzīvotāji ir reaģējuši tik pasīvi. Viņi dzīvoja nežēlīgas raganas un majora tirānijā. Es domāju, ka varbūt tās ir bailes, kas aptur jebkādu atriebību no viņiem. Pēkšņi es sāku atcerēties trīs durvis, no kurām man bija jāizvēlas, lai virzītos uz priekšu alā. Viņi pārstāvēja bailes, neveiksmes un laimi. Tur es iemācījos kontrolēt savas bailes un stāties tām pretī, neskatoties uz visiem faktoriem alā, kas mani pielīdzināja, piemēram, tumsa, negaidītais un visas nepilnības. Es arī iemācījos saskarties ar neveiksmi nevis kā beigām, bet gan kā jauna plāna atsākšanu. Es galu galā izvēlējos laimes durvis, un tas ir tas, ko cilvēki bieži neizvēlas. Daudzi ir vergi savai ikdienas dzīvei, egoismam, morālei, kaunam un savām spējām sapņot. Tie ir tie, kas cieš neveiksmi un baidās. Viņi pat neriskē ieiet alā, lai izpildītu savas vēlmes. Viņi kļūst par nelaimīgiem cilvēkiem bez sevis mīlestības.

Es skatos uz savu pusi. Es redzu cilvēkus, kuri mani vēl pat nepazīst, kuri ir ļoti dusmīgi par manu atbrīvošanu no policijas iecirkņa. Sirdī viņi mani jau ir tiesājuši un notiesājuši. Cik bieži mēs to darām? Cik bieži mēs domājam, ka mums pieder patiesība un ka mums ir spēks nosodīt? Atcerieties, ko Jēzus teica: vispirms noņemiet staru no savas acs, pirms norādiet to uz savu brāli. Viņš to teica tāpēc, ka mums visiem ir trūkumi, un tas padara mūsu spriedumus daļējus un neskaidrus. Tikai tiem, kas pazīst cilvēka sirdi un kas ir brīvi no visiem grēkiem, ir spēja visu skaidri redzēt. Es pēdējo reizi meklēju šos cilvēkus, un man ir žēl par viņiem, jo viņi dod priekšroku savai mantkārīgajai taisnīguma izjūtai, nevis pārdomām par savu dzīvi. Es tos atstāju aiz muguras un turpinu ceļu atpakaļ uz viesnīcu. Es sāku garīgi organizēt katru soli, ko es spertu, lai atkal apvienotu "pretējos spēkus" un palīdzētu Kristīne jaunkundzei. Viņa bija tā kliedziena īpašniece, ko es dzirdēju izmisuma alā, un tas man lika ceļot cauri laikam. Šis ceļojums man bija daļa no garīgās un cilvēciskās pilnveidošanās procesa, un tajā pašā laikā tā mērķis bija labot netaisnību. Es turpinu staigāt un pēc apmēram piecām minūtēm nokļūšu viesnīcā. Renato un Karmena gaida pie vārtiem. Viņi ir mani pavadoņi šajā cīņā. Nākamā diena būtu vispiemērotākais laiks, lai sāktu savus plānus.

Ideja

Pirmie saules stari glāsta manu seju, un dabiskās gaismas spēks mani tikko ir pamodinājis. Es kādu laiku palieku nekustīgs, jo man nebija tik labas nakts. Es joprojām atcerējos murgu, kas man bija pagājušajā naktī, kas lika man pamosties. Sapnī es biju kopā ar dažiem jauniešiem, kas runāja par manu grāmatu. Es runāju par savām cerībām un cerībām iegūt tam komerciālu izdevēju. Līdzi nāk mazs velns, kas visus traucē un biedē. Cilvēki aizbēga, un dēmons, kurš nerādīja savu seju, iesaucās: "Tātad jūs to visu esat izdomājis!

Tajā brīdī murgs beidzas, un es pamostos nakts vidū, bagātīgi svīstot. Ko tas nozīmēja? Vai tam bija kāds sakars ar Mimoso vēsturi? Es nebiju pārliecināts. Tas, ko es zināju, ir tas, ka es vēlos, lai man būtu pienācīga vieta Visumā, un, ja mans liktenis un mans aicinājums būtu literatūrā, es tam sekotu ar lielu aizrautību. Galu galā, kāpēc es biju iegājis alā, ja man nebija jākļūst par Gaišreģi, cilvēku, kurš spēj pārvarēt laiku, paredzēt nākotni un saprast visvairāk apjukušo un satrauktāko sirdi? Ar šo domu es pagriežos gultā un pieceļos. Es vēroju Renato, kurš joprojām ir aizmidzis, un brīnos, kāpēc aizbildnis tik ļoti bija uzstājis, lai es viņu ņemtu līdzi. Līdz šim viņš tik tikko bija devis savu ieguldījumu. Ko bērns varētu darīt manā labā? Nu, es nezināju. Es novirzu savu uzmanību no viņa un dodos uz vannas istabu, lai ātri peldētos. Vanna man atstātu pieejamāku. Es ieeju, ieslēdzu ūdeni un jau sāku just ieguvumus. Es domāju par savu ģimeni, un es jūtos kā mājās. Es atceros savu māti un māsu un to, kā viņi bija tik pretrunā ar manu sapni. Piedošanas sajūta iebrūk manā būtībā, un es galu galā aizmirstu šo faktu. Galu galā tieši man bija jātic savam talantam un aicinājumam. Papildus ķermeņa mazgāšanai es centšos attīrīt prātu no jebkādiem piemaisījumiem, jo man bija jābūt gatavam pārvarēt šķēršļus un izaicinājumus, kas var parādīties. Es izslēdzu ūdeni un ziepes.

Tajā brīdī mazs piliens pats par sevi pieskaras manai galvai, un es uzreiz ceļoju pa tāliem izmēriem. Es redzu sevi debesīs, runāju ar eņģeļiem un jautāju viņiem, kāda ir dzīves jēga. Atbildot uz to, es dzirdu zvana signālus, un tas mani mulsina. Pēc eņģeļiem es runāju ar apustuļiem, un viens no viņiem man saka, ka esmu ļoti īpašs Dievam. Viņš mani uzskata par savu dēlu. Es no attāluma redzu Jaunavu, un viņa man izskatās tāda pati kā citreiz, kad esmu viņu redzējis: tīra un gudra. Pēc tam es redzu Jēzu Kristu viņa tronī, ar visu savu godību, un viņš man saka, lai esmu labs un uzticos savam talantam. Tas viss bija noticis mazāk nekā vienas sekundes laikā, laikā, kad bija nepieciešams ūdens piliens, lai pieskartos manai galvai. Tad es redzu jaucējkrānu, ūdeni, kas tek pa manu ķermeni, un es atgriežos realitātē. Es nolemju to izslēgt, jo esmu pietiekami tīrs. Iznākot no vannas istabas, es atklāju, ka Renato joprojām ir aizmidzis, un es esmu sarūgtināts. Es enerģiski kratu viņa ķermeni, lai viņu pamodinātu. Viņš pieceļas un dodas vannā. Es izmantoju šo iespēju, lai dotos uz viesnīcas virtuvi un paēstu brokastis. Kad es ierados, mani visi labi uzņem, un Karmena man pasniedz dažas uzkodas.

“Jūs domājat, ka vakar delegāts jūs tāpat atbrīvoja? (Rivanio)

"Es varēju viņu pārliecināt. Viņam nebija iemesla mani tur turēt ieslodzījumā.

"Tev paveicās, puika. Šajā ciematā ir izplatītas daudzas netaisnības. Piemērs ir Klaudio. Viņš ir arestēts, jo iesaistījies majora meitā. (Gomes)

"Tas tiešām ir kauns. Ja es varētu kaut ko darīt viņa labā...

"Labāk neuzdrošināties. Majors jūs uzskatītu par savu ienaidnieku, un tas būtu murgs. Metodes, ko majors izmanto, lai tiktu galā ar saviem ienaidniekiem, nav patīkamas. (Karmena)

Karmenas brīdinājums man lika diezgan atstarot. Man tiešām bija jābūt uzmanīgai, jo majors un ragana nebija jājoko. Es metos ienaidnieka teritorijā, un, lai iznāktu par uzvarētāju, man būtu jāspēlē pareizie gājieni. Saruna turpinās par citām tēmām, un es pabeidzu brokastis. Tiklīdz es beidzu, Karmena man zvana uz privātu sarunu.

"Nu, ir pienācis laiks apspriest samaksu, kā jau iepriekš biju norādījis. Vai jums ir nauda?

Jautājums mani nedaudz pārsteidza, bet es atcerējos, ka ceļojumā biju paņēmis līdzi dažus. Es atvainojos, paskatījos somā un atgriezos ar dažām izmaiņām. Karmena paņēma naudu un jautāja;

"No kuras valsts ir šī nauda? Es nekad neesmu dzirdējis par "Reais". Diemžēl es to nevaru pieņemt. Es gribu nacionālo valūtu.

Karmenas reakcija bija kā pļauka sejā, un tad es sapratu, ka 1910. gadā manai naudai nav nekādas vērtības. Man nebija atbildes.

" Nu, es redzu, ka jums nav naudas. Tad jums būs jāiegūst darbs, lai man samaksātu. Kā būtu, ja jūs strādātu majoram kā žurnālists?

"Es nedomāju, ka tā ir laba ideja. Tomēr tā ir vienīgā iespēja, kas man ir. Es runāšu ar majoru un lūgšu darbu.

"Tā tas ir. Es novēlu jums veiksmi.

Karmena man dod apskāvienu un aiziet pensijā. Viņas ideja nebija tik slikta. Man būtu iespēja satikt Kristīne un, kas zina, varbūt pat būtu kaut kāds kontakts ar viņu.

Majora figūra

Neilgi pēc tam, kad biju runājis ar Karmenu un viņu, kas man deva šo ideju, es nolēmu to visu izveidot. Galu galā pulkstenis ritēja, un man bija nedaudz vairāk nekā divas nedēļas, lai savāktu "pretējos spēkus" un palīdzētu Kristīne atrast savu likteni. Paturot to prātā, es devos uz savu istabu, uzvilku labas drēbes un aizgāju. Izejot no viesnīcas, es sāku koncentrēties un domāt par labāko veidu, kā izturēties pret majoru, jo viņš bija grūts cilvēks, ļoti aizspriedumains, lepns un pārguris. Kristīne un Klaudio bija vieni no viņa domāšanas un rīcības veida upuriem. Es negribēju kļūt par vēl vienu, un man vajadzēja izvēlēties pareizos vārdus. Es turpinu pārdomāt galveno un domāju par Daudziem grūtībām, ar kurām viņš gāja cauri, kad viņš bija tikai bērns. Tomēr šķita, ka viņš neko nav iemācījies, jo nevarēja palaist garām iespēju pazemot un kaitēt cilvēkiem. Dzīve bija nocietinājusi viņa sirdi un dvēseli. Viņš nebija neviena ideja par perfektu priekšnieku, bet man bija vajadzīgs darbs, lai īstenotu savus plānus.

Uz brīdi es pārstāju par to domāt un nedaudz paātrinos, jo esmu netālu no Māja. Es skatos sev apkārt, un cilvēki, kurus es redzu, ir skumji un atbilstoši. Es domāju, ka Mimoso iedzīvotāji ir daļēji atbildīgi par pašreizējo tirānijas un netaisnības situāciju, kas notiek šajā vietā. Viņiem dominēja ļauna ragana un galvenais pulkvežu sistēmas pārstāvis. Viens draudēja cilvēkiem ar melno maģiju, bet otrs izmantoja spēku, lai iebiedētu un iebiedētu. Abus varētu apgāzt, ja visi apvienotos sacelšanās pret viņiem. Iniciatīvas un konformisma trūkums turēja viņus tādā pašā situācijā, dominēja. Tātad, labā spēki rīkojās un lika man doties uz kalnu, par kuru visi teica, ka tas ir svēts. Tur es satiku aizbildni, jauno meiteni, spoku, zēnu, izpildīju trīs izaicinājumus un iegāju alā, kas spēja piepildīt visdziļākos sapņus. Alā es izvairījos no slazdiem un virzīju scenārijus, līdz sasniedzu beigas. Es tiku pārveidots par gaišreģi, un es ceļoju laikā, dzenoties pakaļ balsij, kuru es nezināju. Tā bija Kristīne jaunkundzes, nesen mainītās majora meitas, balss. Majors, ar kuru es tagad saskaros, lai dabūtu darbu un samaksātu to, ko esmu parādā Karmenai. Visbeidzot, es atnāku uz Māja, un mājas kalpone ierodas, lai mani sveicinātu dārzā.

"Kā es varu tev palīdzēt, kungs?

"Mani sauc Aldivan, un es esmu žurnālists. Es gribu parunāt ar majoru. Vai viņš ir mājās?

"Jā. Nāc iekšā, viņš ir viesistabā.

Ar sirdi skrienot, es ieeju skaistajā Māja. Mana trauksme un nervozitāte mani nogalināja. Es ieeju istabā un sasveicinos ar majoru.

"Kas jūs šeit atved, Gaišreģa kungs?

" Nu, kā zina jūsu Ekselence, es esmu žurnālists. Tātad, es domāju, ka jūsu Ekselencei varētu būt nepieciešami mani pakalpojumi, un es nolēmu ierasties šeit, lai pārskatītu savu līgumu.

"Paskatieties, es jūs labi nepazīstu, un es joprojām neesmu pārliecināts, vai jūs esat spiegs vai arī jūs piederat opozīcijai. Es nedomāju, ka varu jums palīdzēt.

"Es garantēju, ka esmu uzticams, un tādam lielam cilvēkam kā jums ir nepieciešams žurnālistikas atbalsts, lai to apstiprinātu sabiedrība. Tas ir, kā teikts teicienā, mediji ir tie, kas rada cilvēku.

"Skatoties uz to tā, es domāju, ka tā varētu būt laba ideja. Veiksim eksperimentu, lai redzētu, vai tas darbojas. Tomēr, ja jūs kaitēsiet manam tēlam, pret jums izturēsies kā pret ienaidnieku, un jūs, iespējams, esat dzirdējuši, ka tas nekādā ziņā nav ērti. Kas attiecas uz algu, tā būs laba nauda. Jums nav jāuztraucas.

"Paldies. Es apsolu jūs nepievilt. Kad man jāsāk?

"Ķeries pie darba pēc iespējas ātrāk. Es vēlos redzēt, ka mans vārds tiek izplatīts visā Pernambuco. Es gribu būt leģendārs un daudzu paaudžu atcerēts.

"Tā būs, Major. Es jums apsolu.

Es atvados un aizeju. Kad misija ir izpildīta, es jūtos mierīgāka un pārliecinātāka. Pārliecināt majoru nebija tik grūti, jo viņš bija izslāpis pēc varas un slavas. Es biju spēlējis viņa vājumā, un tāpēc es iznācu par uzvarētāju.

Darbs

Majors man deva savus pirmos norādījumus, un es sāku strādāt, lai virzītu uz priekšu viņa vārdu. Būtībā mans uzdevums bija viņu stiprināt, izplatot viņa rīcību un labvēlību vietējiem iedzīvotājiem, un dot ieguldījumu viņa kampaņā, kad viņš kandidēs uz pašvaldības mēra amatu. Šie uzdevumi mani nenolika ērtā stāvoklī, jo es biju pilnīgi pretrunā ar pulkveža sistēmas ideāliem un majora attieksmi. Tomēr es zināju, ka šī ir vienīgā iespēja pietuvoties Kristīne, jo viņa pēc traģēdijas bija pilnībā rezervēta. Mans moto bija: Tās ir beigas, kas attaisno līdzekļus. Viens no pirmajiem ziņu rakstiem, kas man bija jāatklāj, bija šāds: galvenās palīdzības trūcīgās ģimenes. Es norādīju datumu, runāju par majora labestību un viņa rīcību, un es pieminēju cilvēku pateicību un katastrofālo situāciju, kurā viņi atradās. Tomēr vissvarīgākais netika atklāts. Es nepieminēju, ka nauda, kas tika izmantota pārtikas grozu iegādei, nāca no nodokļiem un ka pretī majors prasīja, lai ģimenes balsotu par viņu par mēru. "Laipnības" akts nebija nekas cits kā interesanta spēle, kas bija ļoti populāra pulkveža sistēmas valdīšanas laikā. Tagad es kļuvu par šīs sistēmas līdzdalībnieku pat pret savu gribu. Cenšos par to vairs nedomāt un turpināt strādāt. Mana stratēģija tagad bija atrast veidu, kā komunicēt ar Kristīne un ļaut viņai atrast savu likteni.

Pirmā tikšanās ar Kristīne

Tā kā ir saražots daudz materiālu, es tuvojos Māja, kur dzīvo galvenais. Viņa apstiprinājums bija nepieciešams darba tālākai publicēšanai. Pa ceļam pie manis nāk idejas, un es izdomāju, ka es tās viņam pieminētu. Es domāju labāk par to un galu galā atsakos no idejas, jo majors bija čakls cilvēks un parasti nepieņēma ieteikumus. Es eju vēl dažus soļus un beidzot nonāku rezidencē. Kad es aplaudēju, skaista meitene nāk mani sveicināt.

"Ko tu gribi, kungs?

"Esmu atnācis runāt ar majoru.

"Viņa šeit nav. Vai jūs varat nākt citā reizē?

"Nekādu problēmu. Vai es drīkstu ar jums runāt? Tu esi Kristīne jaunkundze, vai ne?

"Jā. Mani sauc Aldivan, un es esmu " Kapitāla laikraksts " reportieris. Es strādāju jūsu tēva labā.

"Ak, mans tēvs ir runājis par tevi. Tu taisi rakstus par viņu, vai ne?

"Jā. Turklāt mani interesē jūsu stāsts. Vai mēs varētu runāt minūti?

"Mans stāsts? Es domāju, ka tas neattiecas uz jums.

"Es uzstāju. Es varu palīdzēt jums atrast sevi. Dodiet man iespēju.

Pēkšņi Kristīne acis pieveras manējām un mūsu domu ķēdes apvienojas. Pēc dažiem mirkļiem viņai ir iespēja mani iepazīt nedaudz labāk. Viņa brīdi padomā un izlemj.

"Labi, es dabūšu divus krēslus, lai mēs varētu apsēsties šeit uz lieveņa.

Viņa ienāk mājā un drīz pēc tam atgriežas. Viņa sēž man blakus, un es varu saost viņas apburoši dabiskās aromātiskās smaržas.

" Nu, Kristīne, tas, kas piesaistīja manu uzmanību, bija ziņas, ko nesen lasīju papīrā Recife. Tā runāja par traģēdiju un par tevi kā cilvēku.

"Tas, kas ir rakstīts, ir taisnība, un par to tika ziņots visā Pernambuco. Es esmu briesmonis! Es esmu briesmonis! Es beidzu tā zēna dzīvi. Viņš bija šīs situācijas upuris tāpat kā es. Tagad, pēc traģēdijas, es esmu viens un visi aizbēg no manis. Man vairs nav draugu, pat ne Dieva. Esmu pie klints dibena.

"Nesaki tā, Kristīne. Ja jūtaties vainīgs, tad apstājieties, jo notikušais bija smeldzīgs sižets par ļaunuma spēkiem, ko pārstāvēja Klemilda. Viņi paņēma visu no tevis, pat no tava Dieva. Ja jūs reaģējat, var būt cerība.

"Kā tu to visu zini? Kas tu īsti esi?

"Ja es tagad mēģinātu jums to izskaidrot, jūs nesaprastu. Es vēlos, lai jūs zinātu, ka manī jums ir lielisks draugs uz visiem laikiem. Tu vairs neesi viens.

Asaras līst Kristīne sejā ar manu sirsnību. Viņa mani apskauj un saka, ka pēdējā laikā viņai pietrūkst mīlestības. Mēģinu atsākt sarunu.

"Pastāstiet man, kāda bija jūsu pieredze klosterī. Vai jūs tur atradāt Dievu?

"Jā, es to izdarīju. Tomēr mēs varam atrast Dievu jebkur. Viņš atrodas ūdenskrituma ūdenī, kas nolaižas, pilnībā nogādāts galamērķī, Viņš ir putnu dziedāšanā dienas laikā, un Viņš ir mātes žestā, kas aizsargā viņas dēlu. Jebkurā gadījumā viņš ir mūsos iekšā un lūdz, lai viņu dzird nepārtraukti. Kad es to sapratu un iemācījos viņā klausīties, es sapratu, ka mans aicinājums nav būt mūķenei. Es iemācījos, ka varu viņam kalpot citos veidos.

"Es apbrīnoju jūs par šo žestu un piekrītu jūsu definīcijai. Cik daudz cilvēku maldina sevi visu savu dzīvi un atdod sevi dzīves ceļiem, kas nav domāti viņiem. Dažreiz tas notiek vecāku, sabiedrības vai vienkārši nezinot, kā ieklausīties tajā iekšējā balsī, kas mums visiem ir un ko jūs saucat par Dievu. Tā kā jūs nolēmāt pamest reliģisko dzīvi, es pieņemu, ka esat atradis mīlestību.

" Jā, bet es negribu par to runāt. Tas joprojām tik ļoti sāp, traģēdija un visi notikumi pirms tās.

Es apņemos respektēt Kristīne klusēšanu un neuzdrošinos viņai neko vairāk nejautāt. Es atvados un jautāju, vai mēs varētu runāt kādu citu reizi. Viņa saka jā, un tas mani dara laimīgu. Mana pirmā tikšanās ar Kristīne bija veiksmīga.

Atgriešanās pilī

Pēc pirmās tikšanās ar Kristīne nolēmu atkal stāties pretī spēcīgajai burvei Klemilda. Viņai bija jāzina, ka labā spēki darbojas un ka Ļaunuma ministrija tuvojas beigām. Paturot to prātā, es atkal dodos uz drausmīgo melno pili. Tam ir tāds pats aspekts kā iepriekšējam laikam, un es sāku drebēt, elpojot neregulāri, un mana sirds bija diezgan paātrināta. Kas tas par mistiku? Manī kliedza "pretējie spēki". Tuvojoties, satrauktas un apjukušas balsis cenšas mani dabūt nost no sava ceļa. Es nometos ceļos uz grīdas un cenšos iztīrīt prātu, lai turpinātu. Balsis ir patiešām spēcīgas. Es sāku atcerēties aizbildņa mācības, izaicinājumus un alu. Es arī atceros savu meditāciju un to, kā tā man palīdzēja. Es pielietoju apgūto un sāku justies labāk, un varu turpināt. Es pieceļos un eju pēdējos soļus, beidzot ierodoties. Piekļuves durvis uzreiz atveras un bez bailēm es eju tām cauri. Iepriekšējā laika šausmu aina atkārtojas, bet es tam nepievēršu vairāk uzmanības. Stingrs un apņēmīgs, es dodos uz gaiteni, kur mani sagaida Totonho, viens no Klemilda kronīšiem. Viņš mani sutā uz istabu. Iekšpusē, centrā, ir Klemilda, kas valkā kapuci.

"Kam es esmu parādā godu par vēl vienu Gaišreģa vizīti? Vai esat ieradušies apsveikt darbu, ko es daru šajā zemnieciskajā vietā?

"Nesāc ar mani. Jūs zināt, pat vairāk nekā es, ka "pretējo spēku" nelīdzsvarotība apdraud Mimoso un pat Visumu. Es vēlos, lai jūs pēc iespējas ātrāk aizbrauktu no šejienes. Sāpes, ko esi nodarījis cilvēkiem, īpaši jaunai meitenei vārdā Kristīne, ir par daudz. Es priecājos, ka es sadraudzējos ar viņu, un es sāku likt viņai redzēt savu likteni.

"Es šaubos, vai jūs spēsiet viņu pārliecināt būt pārliecinātai, pilnīgi bez vainas, jaunai meitenei. Traģēdija ietekmēja viņas maņas un jūtas. Par "pretējiem spēkiem" jums ir taisnība, bet nebūs viegli mani dabūt ārā no šejienes. Es ierosinu vienošanos. Ja jūs pārliecināsiet Kristīne patiešām mainīt savu kursu un ja trīs dažādās dienās izpildīsit trīs izaicinājumus, jums būs tiesības uz pēdējo cīņu. "Pretinieku spēki" satiksies un stāsies pretī viens otram, un tas, kurš uzvarēs, valdīs mūžībā.

"Cīņa? Vai tas nav bīstami? Visumam draud izzušana, ja kaut kas noiet greizi.

"Jums nav izvēles. Tas ir ņemt to vai atstāt. Vai jūs tiešām vēlaties glābt Mimoso? Tad saskarieties ar "Tumsas" spēku.

"Darījums. Es to izdarīšu.

To pateicis, es aizgāju no istabas un meklēju izeju. Starp "pretējiem spēkiem" grasījās sākties karš, un es biju viens no šīs konfrontācijas galvenajiem varoņiem. Es nezināju, kas notiks, bet es biju gatavs darīt jebko, lai mainītu "pretējo spēku" nelīdzsvarotību un palīdzētu Kristīne.

Ziņa II

Tikšanās ar Klemilda ļāva man zināt, ka man ir jārīkojas nekavējoties un jāīsteno savs plāns. Karš starp "pretējiem spēkiem" tika pasludināts, un man tajā bija liela loma. Tāpēc es nolēmu uzrakstīt zīmīti, kas adresēta Kristīne, uzaicinot viņu uz vēl vienu tikšanos. Pēc tam, kad es to uzrakstīju, es piezvanīju Renato un lūdzu viņu nodot piezīmi viņas rokās. Viņš to paņēma un nekavējoties aizgāja. Apmēram pēc divdesmit minūtēm viņš atgriezās, līdzi ņemot atbildi. Es uzmanīgi satveru papīru un lēnām atveru to tā, it kā es baidītos no atbildes. Tajā ir šāds ziņojums: Iepazīstieties ar mani 7:00 AM ceļā uz Climério. Es priecājos dzirdēt, ka viņa pieņēma uzaicinājumu un manas cerības atgūt viņas pieaugumu. Viņa bija galvenā spēlētāja cīņā pret spēku, kas mums pretojās.

Ceļojums uz Climério

Tikšanās diena beidzot bija klāt. Es pieceļos un noorganizēju vispiemērotāko stratēģiju, ko izmantot sanāksmē. Es eju uz vannas istabu un peldos, iztīru zobus un dodos brokastīs. Pēc visu šo soļu pabeigšanas esmu gatavs iziet ārā un atrast Kristīne. Tikšanās vietu es labi pazinu. Tas bija Climério, kas atrodas uz austrumiem no Mimoso. Ar to attieksmi, ar kādu biju pamodies, es sāku iet uz tikšanās vietu. Tas bija pāri 7:00 un tieši šajā laikā Kristīne jau vajadzēja iziet no mājas. Prātā nāk atmiņas par mūsu pirmo sastapšanos, un es domāju, vai Kristīne man jau uzticas, jo intervijas pirmajos brīžos viņa bija daudz ievilkta.

Nu, nav brīnums. Es biju svešinieks, svešinieks, kurš izrādījās ārkārtīgi zinošs par savas dzīves detaļām. Tas rada bezprecedenta ietekmi. Es priecājos, ka biju skaidri pateikusi, ka vēlos būt viņas draudzene, un, redzot, kā viņa pēdējā laikā jutās ārkārtīgi vientuļa, viņa vismaz uz laiku pieņēma manu padomu un manu padomu. Tagad es biju gatavs otrajam posmam, kas bija vissvarīgākais.

Kādu laiku staigāju vienā virzienā un tālāk pa redzu Kristīne figūru. Tūlīt es sāku skriet, lai viņu satiktu.

"Kā tev klājas, Kristīne? Vai jums bija laba nakts?

"Kopš notika traģēdija, man nav bijušas labas naktis. Es vienmēr sapņoju par savu laulību un visu, kas tur notika. Es nezinu, cik ilgi es šādi dzīvošu.

"Tev tas ir jāatlaiž, Kristīne. Aizmirstiet vainu un nožēlu, jo tie jums tikai kaitē. Es iemācījos, ka dzīvē mums ir jādzīvo pašreizējā brīdī un jāaizmirst mūsu sāpīgā pagātne. Labie laiki ir tie, kas mums jāatceras, lai stiprinātu sevi un turpinātu staigāt ar augstu paceltām galvām.

"Tie ir tikai vārdi. Sāpes, ko jūtu iekšā, joprojām ir par daudz.

"Kādu dienu tu to pārvarēsi. Esmu par to pārliecināts. Nu, Kristīne, man ir kaut kas nopietns, par ko ar tevi runāt. Runa ir par šo raganu Klemilda, kas piesauca tumsas spēkus, lai pārņemtu Mimoso ciemu. Viņa bija atbildīga par traģēdiju un visiem citiem sliktajiem notikumiem šeit kopš tā laika. Es viņu konfrontēju un esmu apņēmies izbeigt viņas valdīšanu. Atbildot uz to, viņa man piedāvāja darījumu. Tagad man ir jāsavāc "labie spēki" kaujai. Ko jūs sakāt? Vai esat gatavs mani aizstāvēt šajā cīņā?

"Es nezinu, vai esmu gatavs. Klemilda ir Gerusa māsīca, un Gerusa man praktiski bija māte. Es zinu, ka viņa ir slikta, un es esmu pilnīgi pret viņas rīcību. No otras puses, viņa praktiski ir ģimene. Tie ir "pretējie spēki", kas sajauc manu sirdi un liek man šaubīties.

"Es saprotu. Man jums jāatgādina, ka jums ir galvenā loma nākamajā karā. Pirms izlemjat, padomājiet par cilvēkiem, par kristietību un par sevi.

"Es apsolu, ka par to padomāšu. Vai vēlaties man pateikt kaut ko citu?

Es domāju dažus mirkļus pirms atbildes, un es domāju, vai viņa tiešām ir gatava. Es nolemju riskēt.

" Jā, visa patiesība. Kristīne, daudzus gadus es biju jauna sapņotāja un cerību pilna. Tomēr, neskatoties uz maniem labākajiem centieniem, es nevarēju sasniegt savus mērķus. Trīs savas dzīves gadus es pavadīju pilnīgi pamests: man nebija darba un es nemācījos. Atrašanās klints dibenā mani noveda pie krīzes, kas mani gandrīz noveda līdz neprātam. Šīs krīzes laikā es centos tuvoties Radītājam, lai iegūtu mieru un mierinājumu. Tomēr, jo vairāk es uzstāju, jo mazāk es saņēmu atbildes. Tātad, es centos patverties Velnā, meklējot dziedināšanu un atbildes. Es devos uz sesiju, un viņi man apsolīja, ka es varēšu dziedināt un būt laimīgs. Savukārt man būtu jāmaina reliģijas un jādara tieši tas, ko viņi teica. Dienā un stundā, kas iezīmēja manu atgriešanos atpakaļ šajā vietā, es saņēmu atbildi, ka Dievs par mani rūpējas. Viņš aizsūtīja savu Eņģeli un brīdināja mani neatgriezties, lai es neatrastu tik ļoti ilgojos pēc laimes un izārstēšanās. Tātad, es ņēmu vērā brīdinājumu un es neuzdrošinājos tur atgriezties. Es redzēju ārstu, un viņš teica, ka mans gadījums nav nopietns, ka tas ir vienkāršs nervu sabrukums. Tātad, es lietoju dažus medikamentus un uzlaboju. Dievs izmantoja šo ārstu, lai man palīdzētu. Cik reizes viņš to dara, mums pat neapzinoties. Krīzes laikā es sāku rakstīt, lai būtu nedaudz jautri, kā terapija. Tad es sapratu, ka man ir talants, kuru es nekad nepamanīju. Pēc krīzes es dabūju darbu un devos atpakaļ uz skolu. Tajā pašā laikā manī pieauga vēlme būt rakstniekam un komunicēt ar cilvēkiem. Tieši tad es dzirdēju par Ororubá kalnu, svēto kalnu. Tā kļuva svēta noslēpumaina šamaņa nāves dēļ, un tās augšpusē ir majestātiska ala, ko sauc par izmisuma alu. Tas spēj piepildīt jebkuru sapni, ja vien tas ir tīrs un godīgs. Tāpēc es nolēmu sapakot un doties ceļojumā uz kalnu. Es atvadījos no savas ģimenes, bet viņi nesaprata manu sapni. Neskatoties uz to, es aizgāju. Man bija jātic savam talantam un potenciālam. Tātad, es uzkāpu kalnā un satiku aizbildni, seno garu. Ar viņas mācībām es varēju pārvarēt izaicinājumus, kas bija mana biļete uz alu. Tomēr stāsts nav pabeigts. Izmisuma ala nekad nevienam nebija ļāvusi īstenot savus sapņus caur to. Visi, kas ir mēģinājuši, tika izbrīnīti.

Tomēr man bija sapnis, un riskēt ar savu dzīvību man nebūtu šķērslis. Es nolēmu ieiet alā. Es sāku tajā iedziļināties, un drīz vien parādījās pirmie slazdi. Man izdevās no tiem visiem atbrīvoties, un drīz pēc tam es nonācu pie trim durvīm. Viņi pārstāvēja laimi, neveiksmes un bailes. Es izvēlējos pareizās durvis un virzījos uz priekšu alā. Tad es atradu karotājs, un ar savu cīņas mākslu viņš mēģināja mani iznīcināt. Pieredze mani noveda pie uzvaras, un es nokritu karotājs. Tad es vairāk virzījos alā un atradu labirintu. Es tajā iegāju un apmaldījos. Tieši tad man bija ideja, un man izdevās atrast izeju. Tad es atradu spoguļu komplektu. Šis scenārijs lika man pārdomāt un palīdzēja man atrast sevi. Tātad, es iestūmu nedaudz tālāk alā. Īsāk sakot, es varēju virzīt uz priekšu visus alas scenārijus, un tā redzēja sev pienākumu apmierināt manu vēlmi. Es kļuvu par Gaišreģi un ceļoju atpakaļ laikā, sekojot balsij, kuru es nezināju. Šī balss bija jūsu, Kristīne, un es esmu šeit, lai jums palīdzētu.

"Tas ir daudz informācijas uzreiz. Es nezinu, vai tu esi traks, vai arī es zaudēju prātu, to dzirdot. Es jau biju dzirdējis par alu un tās brīnišķīgajām spējām, bet nekad nebiju iedomājies, ka kāds ir iegājis iekšā un pārvarējis tās uguni. Man ir mazliet jādomā un jāpārdomā viss, ko dzirdēju.

"Padomājiet, Kristīne, bet neņemiet pārāk ilgu laiku. Mans laiks šeit ir beidzies, un man ir jāizpilda sava misija.

"Es apsolu drīzumā sniegt jums atbildi. Nu, tagad man jāpabeidz pastaiga un jādodas atpakaļ uz mājām.

Es atvados no Kristīne un dodos atpakaļ uz viesnīcu. Es biju izdarījis savu daļu, tagad viss, kas bija palicis pāri, bija atbilde. Manas cerības bija likteņa rokās, un es nezināju, uz kuru ceļu tas norādīja. Karš starp "pretējiem spēkiem" notiktu drīz, un Kristīne atbilde būtu izšķirošais faktors.

Lēmums

Gaidāmais karš starp "pretējiem spēkiem" mani nekādā veidā nepārliecināja. Es nekad nebiju piedalījies šāda veida konkursā, un tā būtu unikāla pieredze. Lai atslogotu sirdi un prātu, es atstāju viesnīcu un novirzu sevi uz Sv. Sebastiana kapelas drupām, kas ir ļoti tuvu. Pa ceļam es domāju, ar kādiem izaicinājumiem es saskaršos un vai tie būs tikpat grūti kā šķēršļi alā. Nu, es darītu visu, kas ir manos spēkos, lai uzvarētu jebkuru grūtību vidū. Manas domas paceļas, un es domāju par savu sapni un katru šķērsli, ko tas ietver. Nez vai es savai grāmatai dabūtu komerciālu izdevēju. Vai tas pats ieguldītu pietiekami daudz, lai grāmata gūtu panākumus? Es ļoti labi apzinos, ka ala man patiešām bija palīdzējusi, bet neatrisināja visas manas problēmas. Es gaidīju, ka ala ir tikai sākums ilgai un enerģiskai literārajai karjerai. Tomēr man nebija īstais laiks par to uztraukties. Man bija svarīgākas lietas, ko darīt. Man būtu jāapvieno "pretējie spēki" un jāpalīdz Kristīne atrast sevi. Šie mērķi tuvina mani drupām, un mirkli vēlāk es pieskaros kristietības simbola paliekām. Es meklēju krucifiksu, kas bija palicis neskarts, un, pieskaroties tam, es sāku vairāk saprast par savu reliģiju un tās dibinātāju. Viņš bija atdevis sevi par mums vienkārši mīlestības dēļ, kuru mēs nevaram saprast. Mīlestība tik liela, ka spēja veikt brīnumus. Tas ir tas, kas man bija vajadzīgs: brīnums.

Es gatavojos saskarties ar nezināmiem spēkiem, kas barojas no egoisma, atkarībām, vājībām un cilvēku naida, spēkiem, kas spēja iznīcināt cilvēka dzīvi. Es atkal skatos uz krucifiksu, un tas mani piepilda ar drosmi. Bija uzvarētāja piemērs. Viņš bija arī tāds sapņotājs kā es, un viņa mācības ir iekarojušas pasauli. Viņš mācīja mums mīlēt un cienīt citus, un tas bija vēstījums, ko es sludināju savā ikdienā. Es skatos apkārt uz visu, kas ir man blakus: es redzu cilvēkus, zilās debesis un tālu, horizontu. Es nevarēju pievilt ne viņus, ne sevi. Ar visu spēku krūtīs es kliedzu:

"Es esmu gatavs!

Zeme sāka drebēt, un dažu sekunžu laikā es jūtos aizķerts no vietas, kur es biju. Mani vada mati, un mirkļa emocijas aizēno manu redzējumu, viss ir tumšs un tukšs.

Pieredze tuksnesī

Es tikko pamodos un piecēļos, lai precīzi zinātu, kur es atrodos. Es skatos četros virzienos un redzu tikai smiltis un debesis. Bija sajūta, ka esmu tuksneša vidū. Ko es te darīju? Kāds tas bija joks? Vienā mirklī es biju pie kapelas drupām (Mimoso), bet citā es biju šajā tumšajā, tukšajā vietā. Es sāku staigāt, kaut ko meklēju. Kas zina, varbūt es atradīšu oāzi vai kādu, kurš var mani vadīt un pateikt, kur tieši es esmu. Vientulības sajūta palielinās katru minūti, neskatoties uz manu pārliecību, ka mani vienmēr pavada eņģelis. Šajos brīžos es galu galā atgādinu sev par to, cik svarīgi ir iegūt draugus vai kādu, kuram varat uzticēties. Nauda, sociālā ārišķība, iedomība, panākumi un uzvara ir bezjēdzīgi, ja jums nav kāda, ar kuru ar to dalīties. Es turpinu staigāt, un sviedri sāk pilēt, izsalkums sāk mani kniebt, un arī slāpes to dara. Es jūtos apmaldījies, kā to darīju alas labirintā. Kādu stratēģiju es tagad izmantotu? Oāze varētu būt jebkur. Es mazliet apstājos. Man būtu jāatgūst spēks un jāelpo. Es vēl nebiju sasniedzis savas robežas, bet jutos diezgan noguris. Prātā nāk pārgājiens augšup pa stāvajām kāpnēm, kas atrodas Žēlastības Dievmātes svētnīcā, aizbildņu vietā, kopnēs. Es biju tikai bērns, un kāpiena pūles man bija maksājušas daudz. Ierodoties virsotnē, es nokļuvu drošā vietā, baidoties nokrist no stāvās grēdas. Mana māte iededza sveci un samaksāja solījumu, ko bija devusi. Svētnīcu apmeklēja daudzi tūristi, un tā šajā vietā ieguva Jaunavas Marijas izskatu.

Stāsts bija šāds: 1936. gadā bandīts Virgulino Ferreira, " bandīts", un viņa banda brauca caur Pesqueira, kur viņi bija izdarījuši zvērības pret vietējiem zemniekiem. Marija dod Lūza bija pajautājusi draugs, ko viņa darītu, ja bandīts tajā brīdī tur parādītos. Meitene bija teikusi: "Ak, mans, man būtu jāizdomā veids, kā šis ļaunais darītājs nevarētu mums kaitēt". Tieši tad, skatoties uz kalnu grēdu, viņi ieraudzīja tēlu sievietes formā. Parādīšanās atkārtojās nākamajās dienās, un ziņas izplatījās visā reģionā. Vatikāns ir atzinis, ka Žēlastības Dievmāte parādījusies Pesqueira un vēl piecās vietās dažādās zemes daļās. Parādīšanās pulksteņa vietā bija vienīgā reģistrētā Amerikas kontinentā.

Nokāpjot svētnīcā, es jutos mierīgāka un pārliecinātāka. Tā es justos, atrodot oāzi. Es atgriežos savā pastaigā, un man prātā ir jautājums, kas neizkļūs no manas galvas. Kur bija izaicinājums? Man nebija jēgas turpināt staigāt bez atbildēm. Tā kā es biju devies ceļojumā uz svēto kalnu, paveicu izaicinājumus un iegāju alā, man bija plāns un mērķis. Es tagad biju apmulsis un bez virziena. Es sāku domāt par debesīm un redzu dažus putnus. Manā galvā uzpeld lieliska ideja, un es nolemju viņiem sekot tāpat kā ar sikspārni alā. Pēc trīsdesmit minūtēm pakaļdzīšanās laikā es redzu ezeru, kur putni nolaižas, un mana cerība tiek atgriezta ar lielāku spēku. Es pierodu pie ezera un sāku dzert tā ūdeni. Es nedaudz dzeru, bet sliktā garša liek man apstāties. Tātad, es sēžu nedaudz pie ezera, lai atpūtinātu kājas un kājas, kas bija nogurušas no ceļojuma. Mirkli vēlāk roka pieskaras manam plecam un es pagriežos atpakaļ. Aizbildnis, kuru es satiku kalnā, bija tieši manā priekšā.

"Tu, te? Es to negaidīju.

"Mans dēls, tu izskaties nedaudz noguris. Vai jūs nevēlaties doties mājās? Jūsu ģimenei jūs ļoti pietrūkst.

"Es nevaru. Man ir jāpilda sava misija. Tā bija tā pati dāma, kas mani sūtīja uz Mimoso, lai atkal apvienotu "pretējos spēkus" un palīdzētu Kristīne.

"Aizmirstiet savu misiju. Jums nav spēka uzvarēt pretinieku. Atcerieties, ka pat jūsu kungs Jēzus Kristus gāja bojā pie krusta par to, ka bija nepaklausījis Velnam.

"Jūs kļūdāties. Jēzus Kristus iznāca par šī strīda uzvarētāju, un krusts ir viņa uzvaras simbols. Pagaidiet. Tu nekad neesi tā runājis. Kas tu esi? Esmu pārliecināts, ka jūs neesat aizbildnis, neskatoties uz jūsu izskatu.

Sieviete deva sarkasma saucienu un pazuda. Tātad, tā bija tikai vīzija, kas gribēja sajaukt ar mani. Man būtu jābūt ļoti uzmanīgam ar uzstāšanos. Es palieku sēdus bez jebkādām idejām, kā atstāt šo plašo un tukšo vietu. Es tikai jūtu, ka mana sirds pulsē, kājas raustās un mana zemapziņa saka, ka tas nav beidzies. Kas pietrūka? Es jau esmu noguris no šī izaicinājuma. Es skatos uz horizontu un tālumā. Es redzu, ka kāds tuvojas. Vai tas bija vairāk nekā tikai vīzija? Man būtu jābūt uzmanīgam.

Tuvojoties es nobijos un nespēju tam noticēt. Cilvēks mani apskauj, un es to atdodu par spīti neuzticībai.

"Vai tu tiešām esi mana māte? Kā jūs šeit nokļuvāt?

"Es esmu. Aizbildnis man palīdzēja tevi atrast. Pēc tam, kad jūs aizgājāt, es devos uz kalnu, jo biju ļoti noraizējies. Tātad, es atradu aizbildni, un viņa mani vadīja.

"Pagaidiet. Man ir jābūt pierādījumiem, ka jūs patiešām esat mana māte. Kāds bija mana mīļākā kaķa vārds un kuru iesauku man deva brāļadēli?

"Tas ir viegli. Jūsu iecienītākā kaķa vārds bija Pečo, un jūsu segvārds ir tēvocis Divinha.

Atbilde mani nomierina, un es viņu apskauju. Man tiešām bija vajadzīgs kāds pazīstams tajā tuksnesī.

" Ko jūs te darāt?

"Es esmu šeit, lai pārliecinātu jūs no tā visa atteikties. Jūs riskējat ar lielām briesmām šajā tuksnesī. Nāc, iesim. Man nevajadzēja ļaut jums iziet no mājas.

"Es nevaru. Man ir jāpabeidz misija. Man ir jāapvieno "pretējie spēki" un jāpalīdz Kristīne. Turklāt man viss ir jādokumentē grāmatā, lai es varētu sākt savu literāro karjeru.

"Šī jūsu misija ir traka. Jūs nevarat uzvarēt tumsas spēkus, kā arī nevarat publicēt grāmatu. Cik reizes man jāsaka, ka grāmatu rakstīšana nedos jums nekādus rezultātus? Tu esi nabags un nezināms. Kas tos nopirks? Turklāt jums nav talanta.

"Jūs pilnīgi kļūdāties. Es varu atkal apvienot "pretējos spēkus" un piepildīt savu sapni. Es nespēju noticēt, ka tu esi mana māte, lai gan viņa mani arī nemudināja. Es zinu, ka viņai ir cerību mirdzums, ka es tiešām kļūšu par rakstnieci. Man ir talants, vai arī es nebūtu iegājis alā, lai lūgtu kalnu pārvērst mani par Gaišreģi.

Acumirklī mana māte kļuva par gaiša izskata vīrieti un ar uguns acīm. Es biju nedaudz satriekts, bet man bija aizdomas, ka tā nav viņa. Vīrietis sāka griezties ap mani.

"Gaišreģis, Dieva Dēls. Vai esat kādreiz domājuši par to, ko nozīmē visi šie vārdi? Gaišredzība ir dāvana, kas palīdz indivīdam zināt nākotni vai iegūt precīzu priekšstatu par to, kas notiek citur. Jums nav šo spēju. Patiesībā tas, kas jums ir, ir nepietiekami attīstīts gaišredzība. Tas ir diezgan pretenciozi no jums apgalvot, ka esat spēcīgs ekstrasenss. Kas attiecas uz to, ka tu esi Dieva Dēls, tas ir liels joks. Vai jūs neatceraties kļūdas, kuras izdarījāt tieši tādā tuksnesī kā šis? Vai jūs domājat, ka Dievs jums piedeva? Kā tad jums ir nervs, lai sauktu sevi par Dieva Dēlu? Manuprāt, tu esi vairāk velns nekā Dieva dēls. Tieši tā. Tu esi Velns, tāpat kā es!

"Es varbūt neesmu spēcīgs ekstrasenss, bet es saņemu vēstījumus no Radītāja. Viņš man saka, ka man būs gaiša nākotne. Es to veidoju katru dienu savā darbā, studijās un grāmatās, kuras rakstu. Kas attiecas uz manām kļūdām, es tās zinu un esmu lūdzis piedošanu. Kurš gan nekļūdās? Esmu koncentrējusies uz to, lai kļūtu par jaunu vīrieti, un esmu aizmirsusi visu savu pagātni. Vēstījumi, ko saņemu, ir tādi, ka Dievs mani uzskata par savu dēlu, un es tam stingri ticu. Pretējā gadījumā viņš mani nebūtu tik daudz reižu izglābis.

Ar asaru pilnām acīm es skatos uz Visumu un pagriežu muguru savam apsūdzētājam. Es dodu spēcīgu saucienu.

"Es neesmu Velns! Es esmu cilvēks, kurš kādu dienu atklāja, ka man ir bezgalīga vērtība Dievam. Viņš mani izglāba no krīzes un parādīja man ceļu. Tagad es vēlos palikt kopā ar viņu un piepildīt sevi neatkarīgi no šķēršļiem un grūtībām, kas man jāpārvar. Viņi mani nobriedīs, un es kļūšu par labāku cilvēku. Es būšu laimīgs, jo Visums par to sazvērēsies.

Velns nedaudz atkāpās un sacīja:

"Mēs atkal tiksimies, Aldivan. Karš starp "pretējiem spēkiem" tikai sākas. Galu galā es iznākšu uzvarētājs.

To sakot, viņš bija aizgājis. Mirklī pēc tam atkal esmu sajūsmā. Dažu sekunžu laikā es nonāku iepriekšējā scenārijā, atkal zem kapelas drupām. Es apņemos nekavējoties atgriezties viesnīcā, lai atpūstos un atgūtu spēkus un garu. Pirmais izaicinājums bija pabeigts, tagad bija palikuši tikai divi.

Tumsas pielūdzēji

Nākamajā dienā dodos atpakaļ uz to pašu vietu, kur biju aizvests uz pirmo pieredzi. Neapzināti es domāju, ka tie ir vārti uz izaicinājumiem. Kad es skatos uz drupām, es jūtu, ka manu sirdi saplosa vietas pamestība. Patieso ceļu bija nosmacējusi ļauna un perversa ragana. Tagad mans uzdevums bija līdzsvarot "pretējos spēkus" un atsākt mieru, kas zaudēts šajā vietā. Gatavs, es atkārtoju paroli no iepriekšējās dienas un atkal mani transportē. Es atrodos dīvainā un tumšā vietā, kur tiek veikts rituāls. Ir apmēram desmit cilvēki, kas sakārtoti aprindās, kas mutuļo vārdus valodā, kuru es nezinu. Pa vidu vīrietis tup, bet pārējie lej šķidrumu ar nepanesamu smaku uz galvas. Mirkli vēlāk uz viņa galvas aug divi ragi un viņa sejas izteiksme kļūst briesmīga. Viņš mani redz un pieceļas. Viņš tuvojas, paņem zobenu un iemet man vēl vienu. Es nervozēju, jo nebiju pieradis nodarboties ar ieročiem.

Viņš aicina mani cīnīties un sāk sist dažus sitienus. Es cenšos tos bloķēt ar savu zobenu, un es to daru gandrīz ar brīnumu. Viņš turpina uzbrukt, un es sevi aizstāvu. Es sāku vērot viņa kustības, lai veiktu turpmākas reakcijas. Viņš ir diezgan ātrs un izveicīgs. Pamazām es sāku cīnīties pretī, un viņš šķiet pārsteigts. Viens no maniem gājieniem viņu sāpina, bet viņš joprojām šķiet nenogurdināms. Tāpēc es apņemos iesniegt apelāciju. Es viņam tuvojos un, viņam nemanot, gatavojos pēdējam uzbrukumam. Zobens man palīdz viņu līdzsvarot, un ar savilktām dūrēm es trāpīju viņam ar visu, kas man ir. Viņš nokrīt zemē, bezsamaņā. Tajā pašā laikā mani pārved uz kapelas drupām. Otrais izaicinājums tika izpildīts.

Valdījuma pieredze

Trešā diena beidzot bija klāt. Atkal dodos uz kapelas drupām. Trešā pieredze bija atzīmēta, un es vairs nevarēju gaidīt. Kas mani gaidīja? Es tiešām nezinu, bet es jutos gatavs jebkad. Aizbildnis, izaicinājumi un ala to bija ievērojami veicinājuši. Es tagad biju Gaišreģis un vairs nevarēju baidīties. Pārliecināts un mierīgs es atkārtoju paroli no iepriekšējās dienas. Iestājas auksts vējš, mans ķermenis satricina un nemitīgās balsis sāk mani traucēt. Vienā mirklī mana sirdsapziņa tiek nodota man prātā, un, ierodoties tur, es dzirdu, kā kāds klauvē pie durvīm. Es apņemos uz to atbildēt. Atverot durvis, ienāk gaišas krāsas priekšmets, slaids, ar medus krāsas acīm un ērkšķu vainagu uz galvas.

"Kas tu esi?

"Es esmu Jēzus Kristus. Vai tu neatpazīsti manu kroni? Tieši ar to viņi ievainoja manu galvu.

"Ko tu te dari, manuprāt?

"Es atnācu, lai pārņemtu tevi savā īpašumā. Ja jūs piekritīsiet, es jūs padarīšu par visspēcīgāko un talantīgāko no vīriešiem.

"Kā es varu zināt, ka tu esi tas, par ko tu saki, ka esi? Es gribu pierādījumus.

"Tas ir viegli. Jūs esat divdesmit sešus gadus vecs jauns vīrietis, kluss, jauks un ļoti inteliģents. Jūsu sapnis ir kļūt par rakstnieku, un tāpēc jūs devāties ceļojumā uz kalnu, kas visi apgalvo, ka ir svēti. Jūs satikāt aizbildni, jauno meiteni, spoku, zēnu, uzvarējāt izaicinājumus un iegājāt visbīstamākajā alā pasaulē. Izvairoties no slazdiem un progresējošiem scenārijiem, jūs uzvarējāt. Tātad, tas piepildīja jūsu sapni un pārvērta jūs par gaišreģi. Tomēr ala bija tikai viens solis jūsu garīgajā izaugsmē. Tagad jums ir nepieciešams, lai es turpinātu šo ceļu.

"Tātad, jūs patiešām esat Jēzus Kristus. Tomēr es nezinu, vai es gribu kādu savā prātā. Ir grūti pierast pie balss, kas mani visu laiku vada. Tu nevari man palīdzēt no Debesīm? Man būtu ērtāk.

"Ja es šeit nepalikšu, jūs kļūsiet par neveiksminieku. Ātri izlemiet: vai vēlaties būt vīrietis, vai arī vēlaties būt Dievs? Ja jūs izvēlaties otro iespēju, es likšu jums lidot, staigāt pa ūdeni un veikt brīnumus.

"Es tam neticu. Man atkal ir vajadzīgi pierādījumi.

Es pagriežu savu ķermeni uz palieli, kur upe šķērso Mimoso. Es gribēju, lai būtu reāli pierādījumi tam, kas ar mani notiek. Ierodoties upē, cenšos spert pirmos soļus uz ūdens. To šķērsojot, man tiek parādīts pierādījums viņa maldināšanai. Mani maldināja.

“"Briesmonis! Tu neesi Jēzus Kristus! Ej ārā no mana prāta tagad, es tev pavēlu!

Cilvēks tika pārveidots par radību ar ragiem un garu asti. Spēcīgs vējš sāka pūst pār viņu un pagrūda viņu tieši pie mana prāta ieejas durvīm. Viņš iziet un durvis ir aizvērtas. Mana sirdsapziņa atgriežas normālā stāvoklī, un es jūtos labāk. Šī pieredze bija izsmēlusi manus spēkus, un tāpēc es apņemos nekavējoties atgriezties viesnīcā ar trešo izaicinājumu. Tagad man vajadzēja tikai pārliecināt Kristīne un aizbraukt uz pēdējo cīņu.

Cietums

Ierodoties viesnīcā, esmu pārsteigts par delegāta Pompeu un viņa padoto klātbūtni.

"Nu, paskatieties, kurš ir ieradies, tikai uz ko mēs cerējām. Gaišreģa kungs, jūs, kungs, esat arestēts. (Pompeu)

"Kā? Kāda ir apsūdzība?

"Viņš tiek ieslodzīts pēc karalienes Klemilda pavēles, un ar to pietiek.

Ātri vien padotie man uzlika roku dzelžus. Sašutuma un dusmu sajaukums piepilda visu manu būtību. Tumsas spēki izmantoja savu pēdējo līdzekli, lai novērstu labā triumfu. Ieslodzīts es neko nevarēju izdarīt, un ar šo Mimoso tiktu zaudēts. Kas notiktu ar "pretējiem spēkiem" un Kristīne? Tieši šajā brīdī es jau biju zaudējis visas cerības. Viņi lika man staigāt, un tieši to es arī daru. Pa ceļam uz staciju prātā nāk visas netaisnības, ko es piedzīvoju savā dzīvē: slikti koriģēts pārbaudījums, necilvēcīgs publikas pavadonis, slikts pārbaudījums un nesaprašana no citiem. Visās šajās situācijās es jutos vienādi: nomākts. Es vēršu savu uzmanību uz delegātu un jautāju viņam, vai viņš nejūt nožēlu. Viņš saka, ka viņš to nedara, bet viņš to darītu, ja neizpildītu pasūtījumu, jo viņš noteikti zaudētu darbu. Es saprotu viņa viedokli un man vairs nav jautājumu. Pēc kāda laika nonākam galamērķī. Viņi noņem manus roku dzelžus un ievieto mani kamerā, kur ir daži citi ieslodzītie. Pirmo nakti pavadu pilnīgi aizslēgts.

Dialogu

Īsā laikā es atrodu veidu, kā iederēties kopā ar citiem ieslodzītajiem. Viņi tur atrodas vairāku iemeslu dēļ: viens par cāļu zagšanu, citi par atteikšanos maksāt nodokļus un daži tāpēc, ka viņi nebalsoja par majora izvirzīto kandidātu. Starp tiem ir Klaudio. Es sāku ar viņu tērzēt.

"Vai jūs šeit esat bijis ilgi?

" Jā, ilgu laiku. Es šeit esmu bijis jau kopš brīža, kad majors atklāja, ka es satiekos ar viņa meitu. Un tu, kāpēc tu esi cietumā?

"Nu, man bija nesaskaņas ar dāmu, kuru sauc Klemilda. Viņa ir izdarījusi tirāniju, kas mani šeit šādi iesprosto. Bet pastāstiet man par sevi, jūs tik ļoti mīlat šo meiteni tiktāl, ka riskējāt saskarties ar majoru?

" Jā, es viņu mīlu. Kopš satiku Kristīne, esmu jauns cilvēks. Esmu sapratusi patiešām svarīgās lietas. Es arī atteicos no saviem sliktajiem ieradumiem un mežonīgajiem veidiem. Bez viņas es nezinu, kas kļūs par manu dzīvi.

"Es saprotu. Brīdī, kad es viņu satiku, es domāju, ka viņa ir patiešām īpaša. Žēl, ka viņai nācās pārdzīvot šādu traģēdiju.

"Es dzirdēju par traģēdiju šeit, cietumā. Tomēr es atsakos ticēt, ka sieviete, kuru es mīlu, ir slepkava. Viņas temperaments neatbilst šim faktam.

"Viņa bija tikai vēl viens raganas Klemilda upuris. Šī būtne nelīdzsvaroja "pretējos spēkus", un tā apdraud visu Visumu. Tātad, liktenim atlika sūtīt mani uz svēto kalnu, kur es satiku aizbildni, jauno meiteni, spoku un zēnu. Es izpildīju izaicinājumus un līdz ar to iekaroju tiesības ieiet izmisuma alā, alā, kas dāvā jūsu dziļākos sapņus. Izvairoties no slazdiem un virzot scenārijus, man izdevās sasniegt beigas. Tad ala mani pārveidoja par Gaišreģi, un es laikus devos ceļojumā pēc kliedziena, ko dzirdēju. Šis kliedziens bija no Kristīne. Ierodoties pašreizējā dienā, es piecēlos pie Klemilda, un viņa man deva trīs izaicinājumus, kurus es izpildīju. Tagad vienīgais, kas vēl ir jādara, ir pārliecināt savu mīļoto, lai būtu pēdējā cīņa. Tomēr es tagad esmu cietumā, un tas man traucē veikt jebkādas darbības.

"Kāds stāsts! Es jau biju dzirdējis par alu un tās brīnišķīgajām spējām, bet nekad nebiju iedomājies, ka kāds to varētu pārvarēt. Jūs bijāt pirmais, ko es dzirdēju runājam par to. Paskatieties, ja jums ir nepieciešama mana palīdzība, es esmu pieejams.

"Paldies. Vai ir kāds veids, kā aizbēgt no šejienes?

"Es atvainojos, bet nav. Šie vārti ir ļoti spēcīgi, un visas ēkas izejas tiek uzraudzītas.

Klaudio atbilde mani satrauca. Kas kļūtu par "pretējiem spēkiem", Kristīne un Mimoso? Ar katru mirkli, kad ar mani cietumā viss pasliktinājās. Tagad vienīgais, kas bija jādara, bija lūgt un gaidīt brīnumu.

Renato vizīte

Es tikko pamodos, un sajūta, ko jutu, it kā viss būtu nepareizi, nemaz neliek man justies labi. Šī vieta man nebija piemērota, jo mani skāra augstais negatīvais lādiņš. "Pretējie spēki" kliedza manī iekšā un bija aktīvāki nekā jebkad agrāk. Nedaudz vēlāk atnāk viens no apsargiem un atver kameru, lai mēs varētu iziet saulē. Es ieeju rindā, kas veidojas. Mēs mazliet staigājam apkārt, un īsā laikā mēs tiekam atgriezti kamerā. Pēc atgriešanās esmu informēts, ka kāds mani gaida apmeklējuma zonā. Mani pavada apsargs, un es eju satikt šo cilvēku. Ieejot viesistabā, esmu pārsteigts.

"Tu? Ko tu te dari, puika?

"Es atnācu jums palīdzēt. Tagad man ir pienācis laiks pierādīt, ka esmu noderīgs un ka aizbildnim bija taisnība, sūtot mani pavadīt.

"Palīdzi man? Kā?

"Neuztraucieties. Man jau viss ir saplānots. Kad viss notiek, nedomājiet divreiz, skrieniet.

“Ko jūs plānojat darīt? Vai tas nav bīstami?

"Es neko nevaru pateikt. Vienkārši dariet to, ko es saku.

"Paldies, bet neriskējiet tik daudz tikai man. Tu esi tikai bērns.

"Es esmu bērns, bet es zinu, kā atšķirt cilvēka sirdi. Man liekas, ka tu esi ļoti īpašs cilvēks.

Renato vārdi mani aizkustina, un es viņu apskauju. Viņš ir bijis kopā ar mani praktiski visu laiku kopš ceļojuma sākuma, un tas ir radījis mīlestību starp mums. Es jau jutos kā viņa tēvs, bet tajā brīdī viņš bija tas, kurš mani mierināja un iedrošināja. Pēc apskāviena viņš atvadās, un es dodos atpakaļ uz kameru apsarga pavadībā. Es atrodu Klaudio, un mēs sākam jaunu sarunu. Aptuveni trīsdesmit minūtes pēc Renato aiziešanas es smaržoju dīvainu smaku, dūmi pārklāj iežogojumu un visi sāk krist panikā, ieskaitot mani. Tiek izsaukts pārstāvis un tiek pavēlēts atvērt visas šūnas. Apjukumā es atceros Renato padomu un virzu sevi ārā no policijas iecirkņa, nevienam mani neredzot, jo dūmi ir tik blīvi. Izejot ārā, es atrodu Renato, un mēs kopā aizbēgam. Dodamies atpakaļ uz viesnīcu, un tur Karmena mūs ieliek īpašā numuriņā. Tajā bija pazemes ieeja, un tur mēs bijām izmitināti. Es būtu drošībā līdz pēdējai cīņai.

Trešā tikšanās ar Kristīne

Kristīne beidzot nolēma un bija ar mieru atkal tikties ar mani. Viņa dzirdēja, ka esmu arestēts, un šis fakts viņai palīdzēja izlemt. Viņa arī bija nogurusi no netaisnības, ko izdarījis viņas tēvs un ļaunā burve Klemilda. Zināmā mērā viņa jau kontrolēja savus "pretējos spēkus", un tas bija vissvarīgākais viņas lēmumā. Tātad, viņa nolēma atrast Viesnīcas īpašnieku Karmenu. Viņa bija pārliecināta, ka Karmena kaut ko zina par manu atrašanās vietu. Viņa saķēra rokas pie viesnīcas ieejas un nekavējoties tika apmeklēta.

"Vai jūs esat Karmenas kundze? Man ir jārunā ar tevi dāma.

"Jā. Nāc iekšā.

Kristīne atbildēja uz aicinājumu un devās iekšā. Karmena devās atnest tēju un cepumus. Viņa atgriežas ar valdzinošu smaidu.

"Ko es varu darīt tavā labā, dārgais? (Karmena)

"Es meklēju Aldivan, gaišreģi. Viņš bija cietumā, bet šodien es dzirdēju, ka viņš izbēdzis no cietuma. Vai jums ir kāda nojausma, kur viņš atrodas? Tas ir svarīgi.

"Man nav ne jausmas. Kopš viņš tika arestēts, es pārtraucu ar viņu kontaktēties.

"Tas nav iespējams. Man tik ļoti vajag gan viņu, gan Mimoso. Tātad, tad viss paliks tikai kā vienmēr? Cik ilgi mēs uzņemsimies Klemilda diktatūru?

Kristīne sejā līst asaras, un viņa nonāk izmisumā. Viņas reakcija aizkustina Karmenu, un viņa dodas viņu mierināt.

"Ja šī tikšanās ar viņu ir tik svarīga, tad es domāju, ka varu atrast ceļu.

Karmena uz brīdi attālinās no viesistabas un iesauc mani istabā. Uzzinot par Kristīne klātbūtni, es kļūstu laimīga un apņemos nekavējoties doties pie viņas. Es pagriežos atpakaļ uz viesistabu, kamēr Renato paliek istabā, un Karmena dodas uz virtuvi, lai pagatavotu vakariņas. Kad viņa mani ierauga, Kristīne pieceļas un skrien mani apskaut. Es atbildu uz mīlestību. Sēdējām blakus istabā.

"Tātad, vai esat nolēmis?

"Es esmu daudz domājis par to, ko jūs teicāt, un es gribu teikt, ka es tam ticu. Klosterī viņi man iemācīja atpazīt, kad cilvēks ir patiess.

" Vai jūs ne tikai ticat, bet arī esat gatavs mainīt savu dzīvi?

" Jā, un es gribu aizmirst visu, kas notika. Jums bija taisnība par to, ka es neesmu vainīgs traģēdijā. Tas bija lāsts, ko šī ragana palaida uz mani, kad viņa pieskaras manai galvai. Man joprojām ir cerības, ka viņa ir uzvarēta un ka vēlme, ko es izdarīju kalnam, tiks piešķirta.

"Tātad, es to izdarīju. Jūs atradāt sevi. Šķiet, ka jūs vairs neesat skumjā, izmisusī jaunā meitene. Es priecājos par jums. Tagad man ir tiesības uz pēdējo cīņu. Tuvojas "pretējo spēku" sastapšanās.

"Kauja? Par ko tu runā?

"Tas ir darījums, ko es noslēdzu ar Klemilda. Ja es izpildītu trīs izaicinājumus un pārliecinātu jūs atrast savu likteni, man būtu tiesības uz šo cīņu. Tā ir vienīgā iespēja savākt "pretējos spēkus" un atkal tos līdzsvarot.

"Es saprotu. Vai es varu palīdzēt? Manas mutantu spējas ļoti palīdzētu kaujā.

"Es nezinu. Tas ir ļoti bīstami. Ja tev sāp, Kristīne, es nespētu sev piedot.

Es uz brīdi domāju par viņas priekšlikumu. Nez vai viņa tiešām būtu vajadzīga kaujas laukā. Es nezināju, kāds tas būs karš.

"Labi, jūs varat. Tomēr jums jāpaliek aiz manis. Es jūs pasargāšu no Tumsas spēkiem. Tikmēr jūs pārklājat aizmuguri ar savām mutantu spējām.

"Paldies. Kad tas notiks?

"Rīt. Iepazīstieties ar mani kapelas drupās pulksten 7:00.

Es paņemu atvaļinājumu un lūdzu viņu paturēt manu atrašanās vietu noslēpumā. Viņa piekrīt un aiziet. Zināma grēku nožēla manī raisa par to, ka esmu pieņēmis kauju, bet ir jau par vēlu. Nākamā diena būtu galīga attiecībā uz Mimoso likteni, un es piedalītos cīņā, kas pilnībā mainītu manu dzīvi un noteikti arī Visumu.

Eņģeļa piesaukšana

Mēs ar Kristīne ieradāmies laicīgi uz datums punktu. Viņa man jautā, kāpēc šī konkrētā vietne, un es atbildu, ka tas bija vārti uz manu pieredzi. Es viņai izskaidroju detaļas par "pretējiem spēkiem" un pašreizējo nelīdzsvarotību. Pēc tam es lūdzu klusumu un sāku piesaukt Eņģeli, jo tas ļoti palīdzētu kaujā.

"Tuvojas karš starp "pretējiem spēkiem". Šajā cīņā materiālās un nemateriālās būtnes saskarsies viena ar otru. Mūsu grupā ir tikai divi cilvēki: es, gaišreģis, un Kristīne, kura ir mutants. Mums ir vajadzīgs augstāks spēks, lai dotu mums nemateriālu drošību, tāpēc mēs lūdzam mūsu Tēvu sūtīt Viņa Eņģeli, lai viņš mūs pavada un aizsargā šajā bīstamajā cīņā. Mimoso liktenis karājas līdzsvarā, un labestības spēkam ir jābūt pilnīgam.

Es atkārtoju lūgšanu trīs reizes, un pēdējā es jūtu, ka mana sirds trīc ar neregulāriem sitieniem, un mana sestā maņa kļūst pilnībā asināta. Mirkli vēlāk manas durvis ir atvērtas, un man ir atļauja atslēgt otras pasaules noslēpumus. Es redzu, ka lielā karaļa pils istabā ir atvērtas durvis un no tām atstāj septiņus eņģeļus, kas kopā pārstāv pašu Dievu. Viens no viņiem nes rokā kausu, kura saturs ir mana uzstājīgā lūgšana. Septiņi eņģeļi tuvojas Visuvarenā Dieva tronim. Tas, kam ir čalis, izlej to pār uguni Tēva labajā pusē. Dzirdami pērkona rēcieni un izmainītas balsis. Durvis starp abām pasaulēm ir atvērtas, un eņģelis ar čaļu iet caur tām. Durvis ir noslēgtas un aizslēgtas līdz to atgriešanai. Tajā brīdī manas durvis ir aizvērtas, un es atgriežos normālā stāvoklī. Atgūstot samaņu, es redzu, kā Kristīne nometas ceļos un man blakus degošs Eņģelis ar gariem un gaišiem spārniem, apgaismojot visu vietu. Uz tās sejas ir rakstīts Ķēniņu ķēniņš un Kungu Kungs. Šķiet, ka tās kājas un kājas ir ugunī, un tās slaidais ķermenis pārvar jebkuru skulptūru. Es dažus mirkļus stāvu malā, apbrīnojot tās skaistumu. Tā nolemj sazināties ar mani caur domu spēkiem. Tas man liek saglabāt mieru un pacelt Kristīne pie kājām, jo viņai nebija iemesla viņu pielūgt. Es paklausu Eņģelim un jautāju tam, kas notiks. Tajā teikts, ka tā nezina, ka tikšanās starp "pretējiem spēkiem" ir neprognozējama. Tas man apliecina, ka mēs ar to būsim drošībā. Ar atjaunotiem spēkiem un debess aizsardzību es apņemos izmēģināt to pašu paroli no savas iepriekšējās pieredzes. Ar visu spēku krūtīs es kliedzu:

"Mēs esam gatavi!

Zeme satricina, debesis satumst, zvaigznes ir sagrautas, un viss Visums jūt mirkļa emocijas. Sākās pēdējā cīņa, un uz spēles bija likta abu pasauļu nākotne.

Pēdējā kauja

Scenārijs joprojām mainās. Grīda pazūd, un eņģelim ir jādod mums pilnvaras, lai mēs varētu arī lidot. Pie apvāršņa robežlīnija parādās kā spēka lauka veids, kas neļauj mums iet garām. Tad pienāk brīdis, kad viss sākas. Tuvojas milzīga tumsa kopā ar vampīru un dažiem vīriešiem ar kapuci. Otrā pusē ir Klemilda, kas visu komandē ar saviem Makjavelli lielvarām. Cīņa beidzot sākas. Eņģelis un dēmons, Kristīne un vampīrs, un es un vīri ar kapuci. Cīņa starp nemateriālām būtnēm ir vienkārši neiedomājama. Abi gājieni ar neticamu ātrumu un to sitieni ir ārkārtīgi spēcīgi. Ar katru ietekmi abas pasaules, šķiet, dreb. Arī Kristīne un vampīra sadursme ir vienlīdz līdzsvarota. Viņa izmanto savus uguns starus, lai pasargātu sevi no viņa uzbrukumiem. Es arī saskaros ar grūtībām. Vīrieši ar kapuci ir prasmīgi cīnītāji. Man ir jāizmanto visas savas gaišreģa spējas, lai stātos tām pretī. Karš starp "pretējiem spēkiem" bija tikai sākums, un grūtības bija daudz.

Cīņa turpinās, un sadursme pamazām sāk mainīties. Daži vīrieši ar kapuci krīt izsīkumā, un es jūtos brīvāks. Cīņa starp eņģeli un dēmonu un Kristīne un vampīru palika vienāda, bet no mana viedokļa labais bija uzvara. Tikai pēc dažiem mirkļiem man izdodas gāzt savus nesenos pretiniekus. Tad es nedaudz atpūšos un vēroju otra cīņas. Es ceru uz uzvarām viņiem visiem. Klemilda uztver savu nenovēršamo sakāvi un ar saviem spēkiem piesauc nedzīvais. Viņi atstāj senās pamat iedzīvotāju kapsētas kapu un ir visi cilvēki, kuri vienā vai otrā veidā ļauj sev novirzīties no saviem patiesajiem ceļiem. Viņi ir mani jaunie pretinieki kaujā. Starp tiem es atpazīstu vietējo Kualopu, burvi, kas gandrīz izraisīja Xukuru nācijas izzušanu. Viņš ir mans visbaisākais pretinieks, jo, tāpat kā Klemilda, viņš dominē tumšajos spēkos. Pirms cīņas uzsākšanas es sāku atcerēties aizbildņa mācības, izaicinājumus un alu. Visi šie soļi man ir kalpojuši par apbrīnojamu garīgo izaugsmi. Tagad man tas būtu jāizmanto savā labā cīņā. Sākas kautiņš, un dzīvie mirušie mēģina mani apņemt ar mērķi uzbrukt man visiem uzreiz. Es ātri atbrīvojos no šī aplenkuma un uzbrūku. Ar mana uzbrukuma spēku daži no viņiem saplīst. Kualopu sāk atkārtot klusu lūgšanu, un tajā pašā brīdī gaismas loks mani nostiprina un atstāj nekustīgu. Otrs Dzīvie miroņi svira, lai man uzbruktu. Atmiņas par alu parādās, kad man bija jāsaskaras ar veselu spoguļu scenāriju. Trīs pārdomas atdzīvojās un pārstāvēja piecpadsmit gadus vecu jaunekli, kurš bija zaudējis tēvu, bērnu un vecu vīrieti. Es iebilda pret visiem šiem aspektiem un atklāju, ka neviens no tiem tagadnē nebija divdesmit sešus gadus vecs jauneklis, rakstnieks, licencēts matemātikā. Aplis, kas mani turēja, pārstāvēja visas vājās puses, kuras, ieejot alā, man izdevās kontrolēt. Domājot par to, es koncentrēju savus spēkus un ar impulsu aplis ir salauzts. Tad es varēju atriebties un iznīcināt lielu skaitu nedzīvais. Kualopu atteicās atzīt savus spēkus, un ar pēdējo sitienu es varēju viņu pārvarēt. To redzot, Klemilda panikā krita un sāka formulēt savu jaunāko stratēģiju.

Kamēr Klemilda gatavojās, novēroju, ka pārējie labā spēki jau bija labā stāvoklī pret pretējo spēku. Tas mani padarīja laimīgu un revanšējošu. Es arī veltu laiku, lai atpūstos un aizturētu elpu. Visbeidzot, Klemilda izlemj. Viņa aiziet, lai pievienotos cīņai tieši pret mani. Izmantojot tumšus spēkus, viņa apbruņojas ar zobenu un vairogu. Eņģelis redz manu situāciju un ar saviem spēkiem dod man tos pašus ieročus. Sākas kāršu atklāšana, un esmu pārsteigts par sava sāncenša veiklību. Viņa nebija amatiere. Es kādu laiku palieku aizsardzībā, lai viņu novērotu visos aspektos. Mana attieksme liek man zaudēt līdzsvaru, un burve spēja man iesist pa seju. Es reorganizēju savus plānus un cenšos pret uzbrukt. Mana atbilde dod rezultātus, un es atgriežos cīņā. Ar vēl vienu izklupiens, es viņu atbruņoju, un viņa paliek bez aizsardzības. Tad, lai vēl vairāk līdzsvarotu situāciju, es arī atbrīvojos no savām bruņām. Es viņu satveru, un mēs mērām savus spēkus. Viņa piesauc Velnu un mani, Jēzu Kristu un viņa krustu. Tajā pašā brīdī viņa krīt uzvarēta. Dēmons un vampīrs pazūd; parādās saule un zeme. Eņģelis spīd vairāk nekā jebkad agrāk, un es varu dzirdēt no Debesīm lielu svētku troksni. Man bija izdevies savākt "pretējos spēkus" un palīdzēt Kristīne. Vienā mirklī eņģelis atvadās un arī pazūd. Mans ceļojums laikā bija veiksmīgs, un es to atkārtoju, kad vien tas bija nepieciešams.

Esošo struktūru sabrukums

Līdz ar Klemilda krišanu melnie mākoņi izklīda, viņas rokaspuiši aizbēga, un Kristīne tika dziedināta. Ar to Mimoso atgriezās normālā stāvoklī, un kristietība atsāka savu vietu. Lai svinētu svētkus, Kristīne organizēja svētkus Iedzīvotāju apvienības ēkā. Es biju galvenais viesis. Partija bija pilna ar žurnālistiem, kuri turpināja uzdot jautājumus.

"Vai tā ir taisnība, Gaišreģa kungs, ka jūs izglābāt Mimoso no ļaunās burves nagiem? Kā tas notika?

" Nu, es biju tikai likteņa instruments, kā arī mana cīņas biedrene šeit, Kristīne. "Pretējie spēki" bija nelīdzsvaroti, un mana misija bija tos atkal apvienot.

"Ko tu tagad darīsi, kungs?

" Nu, es nezinu. Es domāju, ka man jāgaida jauns piedzīvojums.

"Vai tu esi precējies, kungs? Kāda ir jūsu profesija?

" Nē, es par prioritāti izvirzu savas studijas. Runājot par savu profesiju, esmu administratīvais asistents. Turklāt esmu licencēts matemātikā un esmu rakstnieks.

Jautājumi turpinās, bet es attālinos no reportieriem. Es runāšu ar Kristīne un skatīšos, kā viņa ir. Viņa saka, ka aizmirsusi traģēdiju, taču joprojām ir nobažījusies par Klaudio. Viņš tika arestēts pirms kāda laika, un viņai nebija nekādu ziņu. Viņa vēlreiz apstiprina savu mīlestību un saka, ka viņš ir neaizmirstams. Es viņu mierinu un cenšos viņu uzmundrināt. Ballītes laikā es palieku viņai blakus, lai dotu viņai spēku. Kad tas beidzas, es atvados no viņas un es atgriežos viesnīcā.

Saruna ar Majoru

Pirms došanās prom no Mimoso nolēmu Kristīne pielikt pēdējās pūles. Tāda liela mīlestība kā viņas un Klaudio nevarēja iztikt bez vienas pēdējās iespējas. Tātad, es devos uz baigā majora dzīvesvietu, lai ar viņu sarunātos. Ieejot mājas dārzā, es paziņoju par sevi un neilgi pēc tam biju viņa priekšā.

"Majora kungs, es atnācu, lai runātu ar jums par jūsu skaisto meitu Kristīne. Es tikko biju kopā ar viņu un sapratu, ka viņa cieš. Kāpēc jūs nedodat iespēju nodokļu iekasētājam Klaudio? Paskaties, vai tu neredzi, kā viņš viņai ir vispiemērotākais vīrietis?

"Neiesaistiet sevi ģimenes lietās. Es neaudzināju savu meitu, lai par savu znotu būtu nodokļu iekasētājs.

"Es iesaistos, jo esmu viņas draugs, un viņas laime man ir svarīga. Jūsu Majestāte noraida Klaudio, jo viņš ir nabadzīgs un vienkāršs. Vai esat aizmirsis savu nabaga bērnību Maceió? Arī Jūsu Majestāte ir bijusi vienkārša. Cilvēkam svarīgas ir viņa īpašības, viņa talants un harizma. Mūsu sociālais statuss mūs nenosaka. Mēs esam tas, ko par mums saka mūsu darbi.

Mana atbilde satricina lielāko daļu un uzstājīgās asaras plūst no viņa acīm. Viņš tos kaunā noslauka.

“Kā tu to zini? Es nekad nevienam nestāstīju par šo savas dzīves tumšo daļu.

"Jūs nesaprastu pat tad, ja es to izskaidrotu. Problēma ir tā, ka jūs esat netaisns pret Kristīne un liedzat viņai patiesu mīlestību. Vai jūs redzat traģēdiju, ko provocējāt ar savu norunāto laulību? Šī sistēma nedarbojas.

Majors dažus mirkļus bija domīgs un drīz pēc tam atbildēja.

"Labi. Es atļaušos abiem satikties un pēc tam apprecēties, bet es nevēlos viņus redzēt šeit, netālu. Mana meita turpina būt vīlusies manā dzīvē.

“Un kas attiecas uz Klaudio? Vai jūs viņu atbrīvosiet?

“Jā, šodien.

"Galvenais, vēl viena lieta. Es pametu savu žurnālista darbu. Es vairs nevaru izturēt melošanu šiem cilvēkiem par tevi.

Galvenais dusmās trīcēja, bet es jau biju izgājis ārā. Pēc aiziešanas man ir tīra sirdsapziņa, jo biju izpildījusi savu lomu. Tagad viss, kas bija palicis likteņa ziņā, bija pievienoties divām sirdīm, kas patiešām mīlēja viena otru.

Uz redzēšanos

Beidzot pienāca brīdis, kad Klaudio tika atbrīvots. Ārpus policijas iecirkņa viņš gaidīja savus draugus un bezkaunīgo Kristīne. Visi bija dedzīgi un nervozi par šo notikumu. Stacijas iekšpusē Klaudio paraksta pēdējos papīrus, kas tiks izlaisti.

"Esmu pabeidzis, delegāts Pompeu. Vai es jau varu iet? Tas bija daudz ciešanu un ciešanu laiks šeit iekšā. Es labi atceros to dienu, kad viņi mani šeit ieslodzīja, un tā bija sliktākā diena manā dzīvē. (Klaudio)

"Jūs varat iet tagad. Redziet, vai jūs nevarat atturēties no flirta ar meitenēm, kurām jums nevajadzētu būt, vai ne?

"Mans arests bija tirānisks, un jūs to zināt, kungs. Vai tas ir noziegums mīlēt? Es nekontrolēju savu sirdi.

" Nu, jūs esat brīdināts. Karavīrs Peixoto pavada priekšmetu līdz izejai.

Klaudio atkāpjas, un karavīrs pakļaujas delegāta pavēlēm. Izejot ārā, Klaudio paskatījās nedaudz atpakaļ, it kā atvadītos no mirkļiem, ko viņš bija pavadījis cietumā. Pēc tam viņš paskatījās uz debesīm, it kā lai ņemtu vērā visu Visumu. Viņš jutās brīvs un laimīgs, jo atdzīvināja savu dzīvi. Mirkli vēlāk viņš apskāva savus draugus, un Kristīne gaidīja viņas kārtu. Abi apskāvās, un viņi gari skūpstījās.

"Mana mīlestība! Tu esi brīvs! Tagad mēs varam būt laimīgi, jo mans tēvs ir atļāvis mūsu attiecības. Kalns ir patiešām svēts, jo tas atbildēja uz mūsu lūgumu. (Kristīne)

"Vai tā ir taisnība? Es tam neticu! Vai tas nozīmē, ka mēs varam būt kopā un radīt savus bērnus? Svētīgs kalns. Es negaidīju šo brīnumu.

Abi turpināja pieminēt, un pa to laiku es tuvojos. Mēs sasniedzām manas aiziešanas laiku.

"Cik brīnišķīgi redzēt jūs kopā un laimīgus. Es domāju, ka es varu atgriezties, būdams drošs, atpakaļ uz savu reālo laiku.

"Vai tiešām tev ir jāiet? Cik žēl! Paskatieties, kā mēs esam iemācījušies apbrīnot jūsu centienus un apņēmību. Es nekad neaizmirsīšu, ko jūs esat darījuši manā un Klaudio labā, paldies!

"Man tevis arī pietrūks. Cietumā, kur mēs tikām turēti kopā, es jūs nedaudz iepazinu, un es domāju, ka jūs esat pelnījuši iespēju dzīvē un Visumā. Lai tev veicas! (Klaudio)

"Pirms es eju, es gribu pajautāt vienu pēdējo lietu, Kristīne. Vai es varu publicēt grāmatu ar jūsu stāstu?

" Jā, ar vienu nosacījumu. Es gribu to nosaukt.

"Viss kārtībā. Kas tas ir?

"To sauks par "Pretinieku spēkiem".

Es atbalstu Kristīne norādi un dodu viņiem vienu pēdējo apskāvienu. Tie visi bija daļa no mana stāsta. Ar asarām acīs es atgriežos un novirzu sevi uz viesnīcu. Es sakravātu savus čemodānus un aizietu. Pa ceļam atceros visas reizes, kad biju tajā zemnieciskajā vietā. Viss, kam es biju gājis cauri, bija veicinājis manu garīgo un morālo veidošanos. Tagad biju gatava jauniem piedzīvojumiem un perspektīvām. Ar lēniem soļiem tuvojos viesnīcai. Es pēdējo reizi atvados no visa, kas ir man apkārt, un es secinu, ka es tos pilnībā neaizmirsīšu. Tie būs uz visiem laikiem iegravēti manā prātā kā atmiņas no mana pirmā ceļojuma laikā, ceļojuma, kas mainīja mazā ciemata ar nosaukumu Mimoso vēsturi. Domājot par to, es jūtos laimīga un piepildīta. Pēc dažiem mirkļiem es ierodos viesnīcā, un es dodos uz savu istabu. Renato guļ, un es viņu pamodinu. Mēs iesaiņojam savus čemodānus un dodamies uz virtuvi, lai atvadītos no Karmenas.

"Karmenas kundze, mēs aizejam. Es gribēju teikt, ka jūsu palīdzība man bija ļoti svarīga, lai uzzinātu traģēdijas detaļas. Turklāt es vēlos pateikties jums par viesmīlību un pacietību.

"Tieši es vēlos pateikties jums par visu, ko esat paveicis Mimoso labā. Mēs dzīvojām diktatūras apstākļos, un jūs mūs esat atbrīvojuši. Es ceru, ka visi jūsu sapņi piepildīsies.

"Paldies. Renato, atvadieties no Karmenas kundzes.

"Es gribu teikt, ka tu man visu šo laiku esi bijusi kā māte. Man patika ēdiens un jūsu padoms.

Mēs trīs apskāvāmies, un mirkļa emocijas lika man izliet dažas asaras. Tas, ko mēs dzīvojām šajās trīsdesmit dienās, tuvojās beigām. Viņa būtu mūžīgi īpaša manā dzīvē. Kad apskāviens beidzās, mēs piegājām pie durvīm un atvadījāmies. Pēc izbraukšanas mēs devāmies uz to pašu punktu, kur mēs pabeidzām ceļojumu atpakaļ laikā.

Atgriešanās

No viesnīcas ārpuses es pēdējo reizi apskatu to, kas bija manas mājas šajās trīsdesmit dienās. Tur man bija pirmā vīzija, kas man parādīja veselu stāstu. Tā bija Gaišreģa, vizinošais būtnes, sapņu realizācija caur viņa vīzijām. Ņemot vērā faktus, es varēju ieiet notikumu grafikā un rīkoties tā, lai netaisnības tiktu atmaskotas. Tas atstāja mani ar skaidru, laimīgu sirdsapziņu, jo es biju izpildījis misiju, ko aizbildnis man bija uzticējis. Man bija izdevies atkal apvienot "pretējos spēkus" un palīdzēt Kristīne atrast patiesu laimi. Līdz ar to Mimoso atgriezās kristietībā, un daudzi no tās ticīgajiem varēja pielūgt, slavēt un paaugstināt Radītāju. Es vēlos, kaut man būtu bijis nedaudz vairāk laika, lai izbaudītu visu šo darbu. Nu, es garā vērošu. Ar skatienu es paskatos uz Renato un saprotu, kā viņš bija svarīgs manā misijā. Bez viņa mans kontakts ar Kristīne nebūtu pienācīgi izdarīts, kā arī es nebūtu izbēdzis no cietuma. Bija tiešām vērts viņu aizvest šajā ceļojumā.

Mēs turpinām staigāt un ātri tuvojamies Ororubá kalna pakājei, kalnam, kuru visi uzskatīja par svētu. Tieši tur es satiku aizbildni, spoku, jauno sievieti un bērnu, es izpildīju izaicinājumus un iegāju visbīstamākajā alā pasaulē. Alas iekšienē, izvairoties no slazdiem un virzoties uz priekšu scenārijiem, man izdevās panākt, lai tas īstenotu manu sapni, un tas mani nomainīja par Gaišreģi. Tas viss bija ārkārtīgi svarīgi, lai es varētu veikt ceļojumu laikā un mainīt notikumu līniju. Tagad es biju tur, kalna pakājē, piepildīts un jau domāju par nākamo piedzīvojumu. Es biju tik ļoti koncentrējusies uz to, ka maz es sapratu, ka maza roka mani velk. Es pagriezos, lai redzētu, kas notiek. Tas bija Renato.

"Kas no manis tagad kļūs, Gaišreģa kungs?

"Nu, es tevi atgriezīšu pie aizbildņa, kurš par tevi rūpējas, vai ne?

"Apsoli, ka aizvedīsi mani nākamajā ceļojumā. Man patika palikt trīsdesmit dienas Mimoso ciematā. Pirmo reizi es jutos noderīgs un svarīgs.

"Es nezinu. Tikai tad, ja tas ir absolūti nepieciešams. Mēs redzēsim.

Šķiet, ka mana atbilde nav padarījusi Renato tieši laimīgu, bet es neiebilstu. Es neko nevarēju garantēt par nākotni, neskatoties uz to, ka biju psihisks. Turklāt es nevarēju paredzēt, kas notiks ar grāmatu, kuru es publicēšu. No tā bija atkarīgi mani jaunie piedzīvojumi. Es mazliet aizmirstu par grāmatas jautājumu, un es koncentrējos uz apkārtējo dabu: pelēkajiem mākoņiem, tīro gaisu, pārpilno veģetāciju un karsto sauli.

Septiņas dienas, ko biju pavadījis kalna virsotnē, bija iemācījušas man to pilnībā respektēt. Kad mēs to nedarām, tā reaģē negatīvi. Piemēru nav maz: dabas katastrofas, globālā sasilšana un dabas resursu trūkums. Beigas ir tuvu, ja mēs paliekam šajā iracionalitātes stāvoklī.

Laiks paiet, un mēs kalnā kāpjam pilnībā. Mēs atgriežamies pie tā, ka mēs savlaicīgi veicām ceļojumu, un es sāku koncentrēties. Es radu ap mums gaismas apli, un mēs sākam palēnināties. Bija jādara pretējais tam, kas tika darīts iepriekš, lai savlaicīgi virzītos uz priekšu. Iestājas auksts vējš, mana sirds paātrinās, gravitācijas spēki zaudē spēku, un ar to mēs varam sākt atgriezties. Gaismas gredzens paplašinās, un gadi iet garām: 1910., 1920., 1930., 1940., 1950., 1960., . 2010. Kad mēs nokļuvām tieši tajā brīdī, aplis kļuva atraisīts, un mēs nokrītam uz grīdas. Pieceļoties, es redzu aizbildni, un tas mani dara laimīgāku.

" Tad nu es redzu, ka tu jau esi atgriezies. Jums izdevās atkal apvienot "pretējos spēkus" un palīdzēt meitenei, Dieva Bērnam?

"Jā. Ceļojums bija veiksmīgs, un man izdevās pārkārtot lietu jēgu. Ala bija ļoti svarīga, lai es gūtu panākumus.

"Ala būs tikai viens solis tavā ceļā. Tai būtu jākalpo kā atbalstam izaugsmei un mācībām. Gaišreģim joprojām ir jāsaskaras ar daudziem izaicinājumiem. Esiet gudri un apdomīgi savos lēmumos.

" Nu, es atdodu Renato pie tevis. Jums bija taisnība, sūtot viņu kopā ar mani. Viņš bija svarīgs. Turklāt es vēlos pateikties jums par visu uzmanību un centību, ko jūs man veltījāt. Bez jūsu mācībām es nebūtu pārspējis alu un ne kļuvis par Gaišreģi.

"Vēl nepateicieties man. Jums ir jāatgriežas šajā svētajā vietā, kad vien tas ir nepieciešams. Tad es parādīšu un parādīšu jums ceļu. Pirms jebkad atcerieties: Mīlestība un ticība ir divi spēcīgi spēki, kas, pareizi lietojot, rada brīnumus. Kad rodas šaubas vai jūsu dvēseles tumšākās nakts laikā, pieķerieties savam Dievam un šiem diviem spēkiem. Viņi jūs atbrīvos.

To sakot, aizbildnis pazuda kopā ar Renato. Es stāvēju dažus mirkļus, domājot par to, ko teica aizbildnis. Manas dvēseles tumšākā nakts? Es domāju, ka man vajadzētu uzzināt vairāk par to. Es satvēru savus čemodānus un sāku lejā no kalna. Es noķertu pirmo mašīnu, lai dotos atpakaļ uz mājām.

Mājās

Es tikko atgriezos no sava ceļojuma, un mani radinieki mani uzņem ar ballīti. Mana māte šķiet noraizējusies, jo viņa ir nerimstoša, uzdodot man jautājumus. Es atbildu dažiem, un viņa kļūst mierīgāka. Es dodos uz savu istabu, lai noliktu savus čemodānus. Es atkal skatos uz darbiem, kurus esmu lasījis pēdējos gados, un es jūtos vēl laimīgāka, jo drīz manējais būs starp tiem. Tagad esmu daļa no literatūras un jūtos ļoti lepna par to. Mana uzmanība novirzās, un es atzīmēju, ka mana gulta ir pilna ar matemātikas grāmatām. Es jūtos nedaudz vainīgs par to, ka esmu tos pametis uz nedaudz vairāk nekā mēnesi. Es sāku šķirstīt tos, veicot dažus aprēķinus. Visbeidzot, es esmu atgriezies pie matemātikas, otras savas dzīves aizraušanās.

Epiloga

Pēc Mimoso pamešanas notika daudzas lietas. Kristīne un Klaudio apprecējās un kļuva par vecākiem septiņiem skaistiem bērniem. Nelielā Sv. Sebastiana kapela tika pārbūvēta, un gubernators izpildīja savu solījumu majoram un atbalstīja viņu Pesqueira mēram. Viņš tika ievēlēts un turpināja savu kundzības un autoritārisma vēsturi. Nesenā pagātnē tika uzbūvēta šoseja BR-232, un tas izraisīja pakalpojumu un biznesa nodošanu Arcoverde (grāmatas rakstīšanas laikā tas bija Baltā upe Ciems). Tad nāca pakāpeniska dzelzceļa atdalīšanās, un Mimoso kļuva par spoku pilsētu.

Pašlaik Mimoso ir trīs tūkstoši iedzīvotāju, un rajona ekonomika ir saistīta ar kaimiņu pilsētām Pesqueira un Arcoverde. Būtībā tas rotē ap ražošanas un lopkopības algām, ko saņem pensionāri. Viens no Mimoso akcentiem ir fonds Possidônio Tenório Brito, kas ar pensionētā tiesneša Aluiz Tenório Brito starpniecību piedāvā izglītības un kultūras iespējas.

Viņš uzstādīja vērtīgu bibliotēku, uzsāka informatīvās izglītības kursu, kā arī izveidoja video bibliotēku. Es esmu viens no jauniešiem, kas guva labumu no šīs iniciatīvas, un šodien es esmu rakstnieks, grāmatas "Pretējie spēki" autors.

Beigas.

Ingram Content Group UK Ltd.
Milton Keynes UK
UKHW021846160623
423594UK00005B/58

9 786598 025793